「わーい‼ やったー！ やったー！
わーいわーい！ どっせーい！
うおおおおおッ‼」

先生
プラティ
ヴィール
聖者キダンJr

「……これで食べて♥」
エリンギア

著 岡沢六十四
Illustration 村上ゆいち
異世界で土地を買って農場を作ろう
8
Let's buy the land and cultivate in different world

contents

Let's buy the land and cultivate in different world

人魚分校

Let's buy the land and cultivate in different world

俺です。

はい。

エンゼルたちが帰って来たよ。里帰りを終えて我が農場に。

ただ、気になる点が一つ……。

「……増えてる？」

数が。

人数が。

たしか行く時は五人プラス引率のゾス・サイラだったはずなのだが、戻ってきたら二十人ぐらいになっていた。

増殖？

「人魚は増殖する生き物だったのか!?」

「違うわ。なんでそういう発想になるんじゃ？」

今回、引率係を務めたゾス・サイラから鋭いツッコミを食らった。

いやホント今回はお疲れ様でした。

「じゃあなんで信じて送り出した人魚たちが数増やして戻ってきてんの？」

総勢二十人程度の人魚たちの中には、元からのメンバーであるエンゼル、ディスカス、ベールテール、ヘッケリィ、バトラクスの五人もいて苦笑気味の表情をしていた。

じゃあ他十五人程度の見知らぬ人魚たちは誰？

少なくとも俺は会ったことのない顔だ、初対面。

「お初にお目にかかります聖者様。アナタ様のお噂《うわさ》はかねがね」

その中で、平均年齢層を頭一つ抜け出したようなお姉さん人魚がいた。

何やらひどく几帳面《きちょうめん》そうな印象で、印象そのままにキビキビ頭を下げる。

「私はカープ。人魚国一の名門魔法薬学校マーメイドウィッチアカデミアにて教師を務めております」

あー、あの話題に上っていた。

「このたびは聖者様の支配するこの農場にて、マーメイドウィッチアカデミアの分校を設立する仕儀となりました。どうかよしなにお願いいたしたく存じます」

「ふーん……」

……ん？

「分校ッ!?」

なんですかそれ!?

唐突剛速球すぎて『ビックリして二度見』みたいな感じになっちゃったじゃないですか!?

「それが妥協案なのじゃ」

一応こちら側サイドの人材としてゾス・サイラが解説してくれる。

「エンゼルどもは、この農場での修行生活を続けたい。しかしそれをされたら名門校のメンツは丸潰れ。あちらを立てればこちらが立たず」

それを両立し、両方の都合を満足させるように……？

「この農場にマーメイドウィッチアカデミアの分校を設立し、エンゼルどもはそこに籍を置かせる。さすれば農場にいるままアカデミアの生徒のまま。すべてがそのままというわけじゃ」

なーるほどー。

なんという政治家辺りが考えそうな灰色の詭弁《きべん》的な。

「それと、出発した時より増えている人魚たちとはどんな関係が？」

「分校を立ち上げるなら、もう少し立派な数がいるじゃろうという配慮じゃな。マーメイドウィッチアカデミアから募った留学生と言ったところじゃ」

なるほど。

皆さんも一緒にここでお勉強していきたいと？

「私は、分校の責任者兼生徒たちの指導係として赴任させていただきました。当然、プラティ様の旦那様であらせられる聖者様のお役にも立つ所存でございます！」

さっきのカープさん？　なる女性が頭を下げた。

なるほどたしかに彼女だけ生徒っていう年格好じゃないしな。

「お願いいたします。この地にマーメイドウィッチアカデミア分校設立の許可を！」

「いや、別に否やはないけど……」

どうせ幾度も新住人を受け入れてきた我が農場だし、今さら心配したところで意味はなかろう。

まあ、我が農場の古株たちにも意見を求める程度の配慮はいるが……。

「賛成です」

「よかろうなのだと思います」

「人魚さんたちの部署は定期的に人手不足になるし、ここらで一挙に増員してもいいんじゃないですか？」

「また新たに皿を焼かなければいけないな？」

「ワンワンッ！」

「明日からさらにたくさんミルクを搾らないと……」

「新しいお友だちですー！」

「彼女らは酒を飲むのか？」

概《おおむ》ね歓迎ムードだった。

ただし一点……。

「問題ありですね」

異論を唱えたのは皮肉にも同族の人魚だった。

六魔女の一人『獄炎の魔女』ランプアイ。

「あれ？　キミだけ？」

他の人魚面子《メンツ》は？

「パッファはまた外出しております。それとガラ・ルファは医務室にこもっていまして。職務が忙しいと言うよりはまた狂気呼ばわりされるのに耐えがたいようです」

初来訪の少女人魚たちから「『獄炎の魔女』キターッ⁉」「ホントにいたーッ⁉」と感激の声。

六魔女ってホントに地元じゃステータス高いんだな。

「パッファ、ガラ・ルファはいいとして、プラティは？　本来こういう時こそ彼女の出番だろう？」

我が妻にして人魚チームの代表、統括者なんだから。

人魚チーム全体の意見こそ彼女の口から発言されるべきじゃないの？

それを何故《なぜ》ランプアイが？

そして何故拒否？

「今回はわたくしが代弁者を務めさせていただきました。『問題あり』とはプラティ様のご意見です」

「えー？」

「プラティ様とあの学校とは様々軋轢《あつれき》がありまして……」

そうなの？

俺がさらに話を聞こうとしたところ、異変が起こった。

生徒たちを率いてきた教師カープの目がキラリと光ったのだ。

「プラティ様！　そちらにおられますね!?」

「ギャー!?　見つかったーッ!?」

プラティいたの？

いないと思ったらそんな近くの物陰に隠れていたのか？

「甘いですねプラティ様！　アナタの学生時代、そうやって隠れて授業から抜け出そうとするのを何度阻止したかお忘れですか!?」

「だからアンタは嫌いなのよ！　過去の亡霊が！　アタシの楽園に踏み込んでくるな!!」

プラティがあそこまで拒否感丸出しで、かつ不利に回っているとは珍しい。

彼女とあの教師の関係とは？

「……そういえば『王冠の魔女』はマーメイドウィッチアカデミアを中退していたんじゃったのう」

とゾス・サイラ。

「わたくしも伝え聞く程度ですが、ああいう性格ゆえに名門校の規律正しい校風に合わなかったプラティ様は、教師陣と何度も衝突していたとか。恐らくあのカープ教師とやらはその急先鋒《きゅうせんぽう》だったのでしょう」

とランプアイ。

その傍らでプラティとカープさんは取っ組み合いとなっている。

「この時をずっと待ち望んでいました！　私がここに来たのは在校生の保護教育だけでなくプラティ様、アナタにも再会できると踏んだから！　エンゼル様たちと共に今こそアナタも再教育を受けて、マーメイドウィッチアカデミアからの正式な卒業を！　中退でなく！」

「うるせえぇぇッ!!　アタシはとっくに支配からの卒業を果たしたのよおおお！　行儀よく真面目になんてできやしないのよ！　早く自由になりたかったのよおお!!」

プラティが子どものように嫌がっている。

あとあんまり派手に暴れないでね、お腹《なか》の子が心配だから。

「と、いう風に拒否反応凄《すさ》まじく。わたくしが代行して『反対してきて』と懇願してくるほどで」

ランプアイが呆《あき》れ気味に言うが……。

プラティが懇願……!?

「さすがの『王冠の魔女』にも天敵はいるということじゃのう。規律几帳面の塊というべきカープでは魔女と波長が合わぬのは仕方ないかもしれんが」

それに加えて恩師と言えば、親の次に生涯逆らいづらい相手。

プラティも煙たく感じてしまうか。

としたらどうしたものか？

さすがに愛妻が嫌がるのを押し切ってまで新住人を認めるのはやりたくないんだが？

「そうよ！　今や農場主夫人であるアタシの権限を総動員してアンタを拒否してやるわ！　エンゼルたち生徒全員連れて人魚国に帰りなさい!!」

「アタシまで!?」

巻き添えのエンゼル。

プラティがどうしてもと言うなら俺もそれに賛同するしかないけど……。

「となれば仕方ありません」

カープ教師が、しかし冷静さを崩さず言った。

「これを出す他あるまいでしょう。シーラ王妃様から預かってきた書簡です」

「ママから!?」

懐から何やら幅の広い海草を出すカープ教師。

……手紙？

昆布に書かれた手紙？

プラティは、それをひったくるように取って広げて読みふける。

「…………」

数十秒間、彼女の眼球が忙《せわ》しなく動いて。

やがて……。

「……分校の設立を認めます……ッ!!」

「「「「やったーッ!!」」」」

生徒人魚たち大喜び。

プラティ完全敗北。

プラティにはさらにもう一人天敵がいた。

プラティの頑《かたく》なな意志を一撃粉砕する、お母さんからの手紙。

それだけ彼女にとって、母親とは逆らい難い相手なのか？

ここにお母さんからの手紙の一部を抜粋。


プラティちゃん。

妊娠おめでとう。

これでアナタも大人の仲間入りね。アナタの母親としてこれだけ誇らしいことはありません。

体を大事にしていますか？　お腹《なか》を出したまま寝ていたりしていませんか？

もうアナタの体はアナタ一人のものではないのですから、いつもより一層気を付けなければいけませんよ。

本当ならばアタシもすぐさま駆けつけ、直《じか》に祝福の言葉を贈りたいところですが、アナタより小さい下の子たちから離れることができませんので、カープちゃんにこの手紙を託すことにしました。

（中略）。

というわけで分校の設立をよしなにね。

母より。

我が宝物プラティへ。


「ママの優しい言葉を目の前にしてええ……！　NOと言うことができないいいいいいい……！」

プラティは感涙にむせび泣いた。

なるほど。

搦《から》め手《て》系の天敵か。

（中略）された部分にかなり政治系のエグい文脈があるような気がするんだけど、まあそれは後々触れていくことにしよう。

「もう、分校でもなんでも作ればいいでしょう！　ママのお願いなら何でも聞くわよ！」

こうしてプラティすらも陥落した。

じゃあ、これで反対する者はいなくなったので……。

「マーメイドウィッチアカデミア農場分校の設立を認めます」

「「「「やったーッ!!」」」」

人魚の生徒たち、大喜び。

エンゼルたち既存組はもちろん、新規加入組も諸手《もろて》を挙げて。

……なんでそんなに感激なの？

「お静まりなさい！　皆さん！」

そこにカープ教師の一喝が飛んで、瞬時に静まり返る。

シン……、と。

「人魚淑女として、はしたない行いは慎みなさい。アナタたちは、ここで薬学魔法だけを学ぶのではありません。淑女として恥ずかしくない、高貴な振る舞いをも身に付けるのです」

「「「わかりました、教諭……」」」

カープ教諭、厳しい。

俺の学生時代にもいたなあ。こんなわけもなく口煩《くちうるさ》い教師が……。

……俺の背後に密着して、プラティがシャーシャー喉を鳴らしていた。

彼女から伸びる尻尾が、ぶわりと毛を膨らませている。……みたいな幻覚が見える。

実際には尻尾なんかないよプラティは人魚だし。

ウチにネコキャラはヴィール一人で充分なんだがなあ。

「つきましては聖者様、スケジュールのご相談があります」

「スケジュール？」

「生活は、規則正しくてこそ！　生徒たちにはここ農場でも、指導側が徹底して組み立てた一日のスケジュールに従ってもらいます！」

と言ってカープ教師が突きつける幅広の海草。

人魚の世界では紙代わりとして使われているらしい、そこには細かいスケジュールが……。

たとえば何時起床とか、何時から何時までは授業で、何時から作業みたいなことが実に細かく書き連ねてあった。

まさに分刻みと言うべき細かさ。

「…………」

俺はその海草を、躊躇《ためら》わず鍋に放り込んで出汁《だし》を取った。

「あーッ!?」

「このスケジュールは破棄なさい」

長閑《のどか》さがウリの農場です。

そんな時間に追われるような生活を持ち込まれては雰囲気台無しだ。

「皆好きな時に好きなように働けばいいのです。それが楽ちんで楽しいのですから」

皆で一緒に食べるごはん時と、起きる時と寝る時さえ決まっていれば、あとは自由でいいのだ。

あとサテュロスたちが配るミルクを皆で飲む時間さえ決まっていれば。

効率?

知ったことか。俺はそういうものから自由でいるために異世界にいるのだ。

「しかし……！　それでは我が校の教育が……！」

「我が農場の中の分校です。農場の流儀に従えないなら、やはり出て行ってもらうしかありません」

後ろから「さすが旦那様！」「お義兄《にい》ちゃんカッコイー！」と声援を送る人魚王女姉妹の姿があった。

「わ、わかりました……！　こちらも間借りさせていただいている身。妥協いたしましょう」

「ご理解いただいてくださり助かります」

後ろから「見たか！　これが旦那様の力よ！」「お義兄ちゃんの力よー！」とはしゃぐ声。

「じゃあ、これからウチに住んでもらうとして……。寝起きする家屋が必要になりますねえ」

当然、野宿させるわけにもいかんからな。

しかも一気に十数人と増えるわけなので、これはまた一棟拵《こしら》える必要があるだろう。

「我が君……！　建築ですか？　また特急で建築ですか？」

オークボたちオークチームが俄《にわ》かにソワソワし始めた。

コイツらは本当に建築マニアが板についてきたなあ。

「ウチの子たちが趣味を満喫したがっているので、至急アナタたちの滞在場所を構築し……」

「それには及びません」

あれッ？

「何から何までご厄介になっては、人魚族のプライドを育成できません。自分たちの寝起きする場所は、自分たちで確保いたしたく思います」

それって、自分たちで家を建てるってこと？

「まさか人魚国から大工さんでも呼んで？」

「必要ありません。我ら人魚族にはこれがあります」

と言ってカープ教師が取り出したのは、何やら白い小石のようなもの。

指先程度の大きさ。

「……珊瑚《さんご》？」

見覚えからして、多分それは珊瑚の欠片《かけら》。

「ただの珊瑚ではありません。これはプラティ王女の偉大な発明品の一つ。肥大育成珊瑚の雛型《ひながた》です」

肥大育成珊瑚？

「また懐かしいものを持ち出してきたわね？」

と文脈に出てきたプラティ本人が言う。

彼女が発明したものってことだろうけど肥大育成珊瑚ってどんなの？

「専用の成長促進魔法薬を付加すると、爆発的な速度で成長する珊瑚よ。しかもあらかじめどんな形に成長肥大化するかを決めておくことができるの」

「だから中身が空洞で屋根があり、家屋として利用できる形に成長させることも可能なのです。これがあれば、人魚はどの海域でも即座に文化的生活を営むことができるのです！」

珊瑚の家ってこと？

でも、珊瑚なら海中じゃないと生きていけないし、ってことは必然海中に家を建てるってことだよね？

「農場内で寝泊まりしないの？」

「我らは人魚です、基本的な生活は海で営むべきです。私たちは近辺の海域に宿舎を営み、そこで生活させていただきます。昼間の作業中は、陸人《おかびと》化薬を服用して、陸に上がらせていただきます」

そんな面倒くさい。

ウチで生活するなら、地上で寝泊まりしてくれたらいいのに。

「それに育成珊瑚の家って、所詮簡易住宅よ？　造りも単純で、本職の珊瑚大工が建てた家とは天地の差よ？　野宿を多少快適にするための一日限りのもので、恒久的に利用するものじゃ……！」

「いいえ、海の生活を大事にしてこそ人魚族のプライドが養われるのです」

これらの会話だけで充分すぎるほどにわかった。

カープさんの教師としての頑なさ、面倒くささ。

彼女当人だけのことならともかく、それにつき合わされる生徒たちは堪《たま》ったものではないだろう。

「プラティ様方の負担にならないためにも、食事もこちらでやりくりする所存です。どうかよろしくお願いいたします！」

＊　＊　＊

こうして、マーメイドウィッチアカデミアの農場分校がスタートした。

最初彼女らはカープ教師の指導通り、農場近くの海に寄宿舎を建設し、夜はそこに寝泊まりし、朝になると上陸して薬を飲んで人間化し、授業を受けたり農作業を手伝ったりして、日が暮れると再び人魚の姿に戻って海に戻っていく。

そんな生活の繰り返しだった。

そのうちに……。

「えッ!?　陸では寝るときそんな可愛《かわい》い服着るの!?」

「パジャマって言うのよ！　ここは魔族一の職人が作る服ばっかりなんだから！」

人魚学校の生徒たちも、皆すべて年ごろの女の子。

可愛い衣服で着飾る憧れは消しきれるものではない。

さらに。

「……農場で食べる昼ご飯、美味《おい》しい……！」

「海中で食べる晩ご飯とは比べ物にならない……！」

「嫌だ……！　もう火も通してない生魚を食べるのは嫌ああ……！」

「海水だけ飲んでれば生きられるなんて根性論は、もうたくさん……！」

いつ頃からか生徒が一人、また一人と地上に居残るようになり、全員が海宿舎への帰還を拒否するのにそう時間はかからなかった。

そしてついに……、カープさんも……。

「お世話になります……！」

俺の手製串カツ片手に、忸怩《じくじ》たる表情のカープさんが、我が農場の本格居住を提案してきた。

その頃には、ニューフェイスの人魚全員、我が農場での生活の虜《とりこ》だった。

「農場のごはん美味《うめ》ええええええ!!　サテュロスの搾ったミルク美味ええええええッ!!」

「温泉気持ちいいいいいい！　フカフカのお布団寝心地いいいいいいいッ!!」

「パジャマ可愛いいいいいッ！」

こうしてあらゆる人魚たちが、我が農場で生産された衣食住がなければ生きていけない体へ改造されてしまっていた。

正式な移住が決まったところで……。

「オークチーム招集！　さあ貴様ら、待ちに待った建築解禁だ！　人魚さんたちが快適に暮らせる寄宿舎を建築するがいい！」

「もう建ててますけど？」

「早い!?」

それでも主《あるじ》のゴーサインも待たずに着工してしまうとは、せっかちさんめ！

こうして真面目な教師の拘《こだわ》りから多少の紆余《うよ》曲折《きょくせつ》はあったものの。
人魚分校は正式なスタートを切った。

人魚授業模様

| Let's buy the land and cultivate in different world |

ここからは、新たに我が農場の住人となった人魚生徒たちの生活風景を追っていこう。

何しろ勉強のために我が農場に住みつくという、今までとは異なったパターンである。

彼女らが、我が農場で何を学び、何を得ていくのか？

農場主である俺が、興味本位で観察していこうではないか。

人魚生徒たちが、我が農場を学び舎と定めた理由は、そこに魔女がいるから。

六魔女という、人魚界最高峰の魔法薬使い。

彼女たちから教えを受けることは、どんな教科書、どんなベテラン教師から学ぶよりも実りあること。

……と言うことを認めたがらない層も一部いるようだが。

そんなわけで彼女らの新規加入でもっとも大きな影響を受けるのは、我が農場にすっかり住み慣れた人魚魔女たちであった。

その中で、まず取り上げるのは……。

＊

＊

＊

「うおッ？　なんか数増えてる？」

『凍寒の魔女』パッファ。

久々に農場に戻ってきて、少女人魚が増殖していることにリアクションする。

「ディスカス、お前いつの間に分裂増殖できるようになったんだ？　そんなん人魚の魔法にはないだろう？」

「違うっすよ！　私が単体で増えたわけじゃないっすよ！」

元々の妹分であるディスカスに冗談とも本気ともわからない対処に困る無茶ぶりをするパッファ。

新たに参入してきた新生徒を見渡す。

「はー、アタイのいない間に、そんな流れになっていたとは……!?」

「パッファは嬉《うれ》しいでしょう？　前々から人員補充を望んでたし」

人手が増えるほど、その人たちに醸造蔵を任せて、アロワナ王子のところに行けるもんね。

最近パッファが農場を留守がちなのは理由がある。

人魚国の王位継承者アロワナ王子が、現在地上を武者修行中。パッファはそれに同行しているのだ。

何故《なぜ》？

アロワナ王子に惚《ほ》れているから。

王子の旅に参加するのと農場での作業を両立するために、ブレイクスルーして人魚族版転移魔法薬まで生み出した彼女である。

農場の人手が充実するほど、農場に戻る頻度を少なくしてアロワナ王子と多く一緒にいられるのだから万々歳であろう。

「いやー……、でも逆にここまで増えると指揮統率にそれなりの責任あるヤツが付いてないといけないから……、大変そうだなあ……！」

ままならなかった。

……いや待て。

今の発言に何か違和感がないか？

自他共に認めるアウトロー。権力へ反逆することが存在意義だと言わんばかりのパッファが、集団を気にかけるセリフを!?

「アナタに物申したいことがあります！」

俺が戸惑っていると、その戸惑いを一時置かなければならない事態が発生した。

新規の人魚生徒の一人が、パッファに食って掛かったのだ。

「『凍寒の魔女』パッファ様！　アナタは何故自分の叡智《えいち》を世のために使おうとしないのですか!?」

「あ？」

「女人魚の使う薬学魔法は、人魚国と人魚族へ貢献するために使うもの！　私はそう教わりました！　しかしアナタは、自分のためにしか並外れた魔法を使おうとしない！」

なんか危険なので逮捕された経歴の持ち主のパッファである。

「そんな自分勝手な人から教わることなど何もありません！　私は、彼女からの授業を拒否します！」

食って掛かるのは、毛色正しい人魚貴族の娘なのだろう。だからこそパッファのアウトローさが許せない。

しかし無謀な子だなあ。

あのパッファに真正面からケンカ売るような発言、『オイオイオイ』『アイツ死んだわ』と言わざるをえない。

この無謀な発言者が、パッファ特製魔法薬で吹き飛ばされると確信した、次の瞬間……。

彼女は、パッファの熱い抱擁を受けた。

「むふううううッ!?」

「お前の言う通りだ」

少女人魚の頭部が、パッファのおっぱいの谷間に埋もれていく。

「アタイは今まで、自分のためにしか自分の力を使ってこなかった。しかしそれではダメだということがやっとわかった」

「!?」

「ヒトに教えることは、自分自身も成長させるという。お前らを指導することで、アタイ自身もヒトから尊敬される魔女へと生まれ変わりたいと思う。一緒に頑張っていこう」

「!?!?!?」

おい、このアウトロー牙が丸まってるぞ!?

一体何があった!?

「いや……、だって将来人魚王妃になることを考えると、無闇に敵を作っておくことは悪手だろ?」

「人魚王妃!?」

話が想像以上に急進してない!?

「妻が夫の足引っ張るわけにもいかない。コイツら名門校ってことは未来のエリートだろ? 手懐《てなず》けといて損はない!」

旅の途中で、彼女とアロワナ王子との間に何かがあった……!?

としか思えない怒濤《どとう》の展開。

今俺たちの目の前にいるのは、切れ味鋭いアウトロー女ではなく、将来の幸せな家庭を夢見る恋の乙女であった。

「……あッ、ディスカス大丈夫? キミ、アウトローなパッファに憧れてたんだよね? 幻滅してない?」

と、立ち位置的にパッファの一番弟子と言うべきディスカスに尋ねた。

「大丈夫っす。パッファ姐《ねえ》さんが時おりどこに出かけてるのか薄々勘付いていましたんで……」

「そうか……」

そりゃ気づくよね。

実際のところ、時おりどころの頻度じゃなかったし。

「愛の力って偉大っすね……」

「そうだな……」

こうして意外なことに、六魔女の中でもっとも指導と教育に熱心に取り組むのはパッファとなるのであった。

＊　＊　＊

次はランプアイのところを覗《のぞ》いてみよう。

なんか見慣れぬ少女人魚が、ランプアイの前で直立不動の姿勢をとっている。

「ベタ家息女！　クラウンテールであります！」

誰？

まあ、分校化で新たに加入したニューフェイス人魚の一人なんだろうけれど。

話しぶりからして偉い血筋なのかな？　貴族とかそんな感じ？

「『闘魚』の家に生まれた女として、将来近衛兵《このえへい》となることを目標とする身として、先んじて近衛隊に所属し『獄炎の魔女』とまで称されるランプアイ様にかねがね敬服しておりました。この度お会いできて随喜に打ち震えております!!」

「家柄的にはアナタの方が上なんですし、そんなに畏《かしこ》まらなくても……!」

戸惑いがちなランプアイ。

やっぱり、人魚族内での六魔女人気は高い。

「実はわたくし、ランプアイ様に謝罪したいことがありまして!」

「謝罪？　わたくしとアナタは初対面のはずですが？」

「肯定です！　しかしながらわたくしが謝したいのは、わたくし自身のことでなく我が身内の不始末！」

身内？

「アナタ様を陥れた不肖の兄のこと、何卒《なにとぞ》お許しいただきたいのです!!」

兄？

「我が兄、ベタ・ヘンドラーは、『闘魚』ベタ家に生まれながら出奔し、弁士などに身をやつした当家の恥！　にも拘《かかわ》らず先日は人魚王ナーガス陛下に目通りし、ご政道に口を挟むという身の程知らず！」

あー……？

あの娘、ヘンドラーくぅんの妹さん？

「その無礼を拳で戒めたがためにランプアイ様が囚《とら》われてしまったと聞き及んでおります！　ですがランプアイ様に非はありません！　悪いのはすべて我が兄！」

そう言えばヘンドラーくん今日は来てないな？

用がなくてもランプアイとイチャつくために訪問したりするのに、タイミングが合わなかったか？

「愚兄には、あの事件のすぐあとに『お兄ちゃん大嫌い！』と言っておきましたので、まずそれで溜飲《りゅういん》をお下げください！　いずれ我が家の全力を挙げ、ランプアイ様の無罪を勝ち取り、汚名をそそいでみせますので!!」

「過ぎたことはいいのですよ」

ランプアイが、クラウンテールとやらの手を取り、優しげな微笑を浮かべた。

「大切なのは今。そう今だけが大切なのです。もう少し落ち着いたところで話しましょう。保管しておいた聖者様手製のお菓子がありますので」

「こ、光栄ですが……！　話って、一体何を話せば……!?」

「ヘンドラー様のことを、子ども時代のこととか趣味とか色々……！」

「なんでそんなことを!?」

ランプアイ。

他の生徒への授業もちゃんとやれよ？

こうしてランプアイとクラウンテールは部屋へと消えていったが、これはヘンドラーくんが訪問した時にまた一波乱ありそうだなと思った。

＊　＊　＊

そして。

『疫病の魔女』ガラ・ルファが管理する医務室から、なんか物音が聞こえてきたので、何言ってるんだろう？　と耳を澄ませると……。

「「「狂気！　狂気！　狂気！　狂気！　狂気！　狂気！　狂気……！」」」

というシュプレヒコールが延々と続いていた。

そっとしておこうと思ってそのまま通り過ぎた。

陰謀の人魚

マーメイドウィッチアカデミア農場分校。

私は、その特別留学生に選ばれた人魚生徒の一人。

人魚王妃シーラ様の気まぐれめいた提案から始まった、この計画。

しかしそれでも応募者は殺到した。

何しろ人魚界最高の魔法薬使いである六魔女から直接指導を受けられるという触れ込みだから。

ミーハー生徒から、ガチで魔法薬学を極めんとする野心家生徒までこぞって参加希望。

様々な審査と比較がなされた結果、最初から当地で修行しているエンゼル王女とその取り巻き計五名に加え、新たに十五人ほどが分校に所属することになった。

その一人が私。

特に才能とか得意分野があるわけでもない、人魚国に数ある中級貴族の娘に生まれたというだけでマーメイドウィッチアカデミアに入学できた私が、よく狭き門を潜《くぐ》り抜けられたと思う。

純粋に運だろう。

それ以外に、原因が考えつかない。

しかし私は、その幸運がむしろ恨めしくあった。

この一生に一度あるかないかの幸運のせいで、重大な使命を背負わされることになってしまったのだから。

中級貴族である私の兄は、その中途半端な身分の割に才気《さいき》煥発《かんぱつ》で、外で弁舌を振るうことが多かった。

いわゆる活動家というヤツ。

その兄が、私に命じてきた。

『プラティ王女が潜み住んでいる農場の位置を調べろ』

と。

今、人魚国ではある論争が起こっている。それこそ国が真っ二つに割れんばかりの大論争。

『地上を支配した魔族にどう対応するか?』というもので、人族を倒した魔族が、次は人魚国に攻め込んでくるのではないか？　という不安からくる論争だ。

兄はその論争において『魔族は人魚国を攻め滅ぼす気でいる。一刻も早く対応を取るべきだ』という意見の派閥に属している。

そして、魔族の侵攻をかわすために、こういう手を打とうとしている。

『かつて立ち消えになったプラティ王女の嫁入りを復活させ、魔国との友好関係を強化すべきだ』

『今誰と結婚していようと関係ない。無理やりにでも離婚させ、改めて魔王に嫁がせるべきだ』

と。

そんな一派に属する兄さんにとって、プラティ王女が住むという農場へ妹が赴くのは、まさに渡りに船。

兄さんは、農場に赴く前夜の私にこう言い含めた。

『いいか妹よ。お前の働きに人魚国の未来が懸かっている。現在所在不明のプラティ王女は、お前が向かう先に必ずいるはずだ。その場所を詳しく調べ、何とかして兄に知らせるのだ』

さらに言う。

『お前がするのはそこまででいい。居場所さえわかれば私が一団を率い、プラティ王女をお迎えに上がる。そしてそのまま魔王へ送り届ける。どの程度の護衛がいようと、人魚国の勇士が五十人も集えば容易《たやす》く王女を奪取できるだろう』

と。

今まで私を可愛《かわい》がってくれた兄に逆らうことなどできない。

お友だちにも話せない秘密を抱え、私は他の生徒と共に聖者の農場へやってきた。

プラティ王女の存在も確認した。

密命の第一段階は完了と言える。

あとは、この農場の詳しい位置を、何とかして祖国の兄に知らせる。

それができれば兄が集団引き連れ、プラティ王女を奪還に攻め寄せてくるはず。

一騎当千の人魚戦士たち。

兄さんが言うように、こんな小さな農場に防衛なんて……。

「えー、皆さん」

と物思いに耽《ふけ》っていたら、誰かが何か言い出した。

「今日は特別な先生にお越しいただきました」

＊　＊　＊

「ノーライフキングの先生です」

……。

……ん？

目の前になんか、この世のものとは思えない恐ろしい怪物がいる？

乾涸《ひから》びたミイラのような外見。

しかし、発せられる魔力というか瘴気《しょうき》は凄《すさ》まじい禍々《まがまが》しさで、私を含めた多くの生徒が呼吸も忘れ身震いする。

「先生は、生前は人族、そのため魔法薬は専門外です。しかしもうそういう区別とかどうでもいいぐらい極まった魔力は、きっと勉強になるのでよく学んでくださいねー」

……いや。

勉強になるとか、そんな次元の話じゃなく……。

ノーライフキング？

陸に伝わる、最悪の脅威の一つ？

それが何故《なぜ》私たちを前に青空教室などを。

「いやー、無理言ってすみません先生」

『聖者殿の頼みとあらば断われませんとも。それに若者たちと触れ合うと、ワシも若返ったような気分になります。こちらから頼んで授業を持たせてほしいぐらいですぞ』

「先生の若返りに貢献できるなら、俺も嬉《うれ》しいですよ」

『そうですな、十年は若返る気がいたします』

「先生にとって十年なんて誤差範囲じゃないですかー」

はーっはっはっは！　と笑い合う不死の怪物と、陸人《おかびと》の男性。

あれがアンデッドジョークってヤツ？

どっちにしろ、兄さんが率いる精鋭が仮に五千人いたとしても、ノーライフキングに勝てる気がしないんですが？

『では早速、今日の授業は実技を見てもらうとしよう。これから神を召喚するので、皆しっかり観察するように』

私はその日初めて人魚族の祖神、ポセイドス様を直《じか》に拝観することができた。

＊　＊　＊

ノーライフキングによる授業で常識のネジが二、三本弾《はじ》け飛んだあと、さらに常識を覆す特別講師が現れた。

「魔王妃アスタレスである」

……。

魔王妃？

私の記憶の引き出しがちゃんとしたところに収まっているなら……。

魔王妃というのは魔族の長《おさ》、魔王の妃《きさき》ということで間違いないでしょうか？

「本日はノーライフキングの先生に続き、特別講師を引き受けることとなった。いつもお世話になっている聖者様に、少しでも恩返ししたいと思っての登壇である。皆『一言たりとも聞き逃したら死ぬ！』くらいの気概でしっかり聞くように」

魔王妃様怖い。

なんか口調が王妃っていうより偉い将軍みたい。

「とはいえ、私が他種族の諸君らに講義できるのは、やはり魔族と人魚族のこれからの関係についてであろう。結論から言って、我々はこれ以上ない友好関係で結ばれている」

そうなんですか!?

「そしてその友好の要となっているのが、この農場の主《あるじ》たる聖者様と、その妻プラティ殿だ。この二人が健在な限り、地上にも海底にも戦争は二度と起こらぬことであろう。……逆に」

逆に？

「もしこのお二人に危害を加えようとする者がいたら、どうなると思う？」

魔王妃様の含みある問いかけに、私たち人魚の生徒は一斉にざわめいた。

「我ら魔王軍の名の下に、犯人は十五親等以内の親族もまとめて皆殺しとなるであろう」

言うだけ言い終わると魔王妃様は、部下に預けていた自分の子どもを受け取っていた。

そして滅茶苦茶《めちゃくちゃ》甘い笑顔であやしていた。

ギャップが凄《すご》かった。

＊　＊　＊

今日の特別授業を通して、決定的に一つわかったことがあった。

この農場に手を出すのはとてもヤバいということ。

手錬を数十人送り込めば制圧できるとか、そんなの舐《な》めているとしか言いようがない。

この農場と事をかまえるには、最低でも人魚国の存亡を懸けねばならないだろう。

魔族が敵に回ることも覚悟しなければならない。

そもそも魔族との戦争を回避するのが目的の計画だったのに。

中止だ。

この計画は圧倒的に中止すべきだ。

しかし兄さんは納得してくれるだろうか？　実際に農場の破天荒ぶりを直視しないまま、伝聞だけでしっかり把握してくれるだろうか？

途方に暮れる私の頭の上で、なんか翼が生えた空飛ぶ人が、ドラゴンと互角の勝負を演じていた。

しかしそれを見上げて慌てふためいている人は、私たち分校生徒以外誰もいない。

練習試合？　もう見慣れた風景なんだってさ……。

それからもう一つ。

地表の方に目を向けると、そこにも注目すべきものが。

プラティ王女。

問題の核心というべき人だ。

この人外魔境な農場の主に嫁入りし、今はもう既に妊娠中だという。

愛する旦那さんがいて、子宝にも恵まれて、何処《どこ》からどう見ても幸せな状態。

この幸せを壊す権利が、誰かにあるというのだろうか？

…………。

結局、私は皆が幸せでいるために、実家への手紙に紛れ込ませた暗号で。『チョウサ・ケイゾクチュウ』と書き送り続けるのみだった。

＊　＊　＊

余談。


(前略)。

そうそう、人魚分校に参加させた生徒の中で[redacted]って名前の娘がいるんだけどね。

彼女スパイだから。

何処からのスパイかって言うと、反王党派?

魔族が攻めてくるぞー!って不安を煽《あお》って勢力を伸ばしてるの。

アナタの居場所を突き止めるために送り込まれたのが彼女なんだけど、適当に懐柔しておいてくれない?

ホラ、おバカな人って一つ上手《うま》くいきそうな事柄があると、それに集中して他が疎《おろそ》かになるものでしょう?

プラティ王女の身柄を押さえられるってエサで余計な動きを封じておく間に、一掃する準備を進めておくから。

プラティちゃんも、元・人魚国の王女なんだから、時間稼ぎぐらい手伝ってくれてもいいわよねー？

（後略）。


人魚王妃シーラより、娘プラティへ宛てられた手紙から抜粋。

それを受けてプラティの一言。

「懐柔するまでもなかった……！」

人魚学生の社会見学　陸遊記その八

Let's buy the land and cultivate in different world

オークのハッカイです。

今日もアロワナ王子の一行は元気に地上を旅しています。

今回は特にトラブルやらクエストやらもなく、ごく普通の旅路です。

宿泊地から出発して、次の宿泊地まで到達することが単純な目的となるでしょう。

「そろそろパッファが来る頃かな？」

出立を前に、我々はパッファ様との合流を待ちます。

あの方は、アロワナ王子と離れるのが嫌で無理やり同行。

転移魔法を駆使して行ったり来たり。農場での仕事と、武者修行を両立させている猛者なのでした。

昨晩は、宿に入る前に農場へ帰り、仕事を済ましてから戻ってくるとのことです。

「うぃー、おはよー」

そして戻ってきました。

パッファ様は無頼風のキャラを演じていますが意外と時間に几帳面です。

今まで約束の時間に遅れたことは一度もありません。

「んじゃー、今日も気合い入れて旅するかー。……と言いたいところだけど」

「ん？」

なんか……、変ですよ？

いつもと違いますよ？

パッファ様の転移魔法で飛んできたのが、普段ならばパッファ様お一人だけだというのに……。

なんか今日は他にたくさんいる!?

総勢二十人ぐらい!?

なんで!?

「マーメイドウィッチアカデミア農場分校、社会見学の日～」

「はあぁッ!!」

どういうことなのですか？

パッファ様が引き連れてきた集団は、よく見ればいずれも若い女性で、まだ大人ですらないようです。

全員ちゃんと二本の足で立っていますが……。

この気配、皆人魚？

「わーい、アロワナお兄ちゃんだー」

「エンゼル!?　何故《なぜ》お前がここに!?」

二十人の中にいた、とりわけ活発そうな女の子がアロワナ王子に抱きつきました。

その子をパッファ様が引き離しました。

嫉妬？

「プラティから命令されてさー。尾ひれの青い小娘どもに陸の社会を教えてやれってさ」

「一体どういうことなのだ!?」

アロワナ王子も私も、まったく話について行けませんでした。

パッファ様の説明するところ聖者様の農場では今、人魚国が学校を設立して、多数の若い女生徒が移住してるんだとか。

分校？

いや別にどっちでもいいじゃないですか。

「では、ここにいる女子たちは、皆マーメイドウィッチアカデミアの生徒というわけか？」

エリートではないか、とアロワナ王子が嘆息しています。

「私が旅している間に、そんなことになっていたとは……！」

「でさ、勉強の一環としてプラティのヤツが社会見学させて来いってさ」

「さっきから言ってるが、なんだその社会見学というのは……!?」

あの……、連れてこられた女子たち若いだけに落ち着きがなくて……！

初めて見る地上奥地の風景にはしゃいで散ろうとしてるんですが……！

クッソ私が取りまとめないと！

「だから、陸で修行する次期国王を見学」

「私かあッ!?」

なんと彼女らの見学対象はアロワナ王子そのものでした。

まあ王子様なんですし、注目の対象にはなるかと。

「お兄ちゃん！　今日はお兄ちゃんをたくさん見学させてください！」

さっき抱きついてきた子が言います。

誰？

「お願いします！」

「「「「お願いします!!」」」」

女生徒一斉に頭を下げます。

当惑気味のアロワナ王子に、パッファ様が耳打ち。

「……人魚国じゃ今、旦那様の策が当たってるんだって。よからぬことを考えてるヤツが、王子不在に浮足立ってるんだとか」

アロワナ王子が晴れて修行を終えて帰ってきた時、ソイツらをまとめて一掃する。

この旅の数ある目的の一つですよね。

「でも、それを暴発しないよう収束しないよう絶妙の力加減で抑え続けるのは面倒だって。まだ戻ってくる気がないんなら協力しろって」

なるほど。

ここでアロワナ王子がカッコいいところを見せて修行の成果を示せば、彼女らを通じて本国へと伝わる。

アロワナ王子は、着実に成長していると。

さすれば王子不在中に何か企《たくら》んでいる人たちも慎重になるだろうと。

「……パッファ、それは誰からの言伝《ことづて》だ？」

「お義母《かあ》さんから、プラティを通じてアタイに」

今『お義母さん』って言った凄《すご》い自然に。

「……是非もないな、無茶を言って武者修行の旅に出させてもらったのだ」

アロワナ王子、手にした矛を派手に振り回します。

「よかろう！　今日はこの私の雄姿をしっかり見学していくがいい!!」

「「「「わ〜ッ!!」」」」

万雷の拍手。

して、社会見学ってどうするんです？

アロワナ王子のカッコいいところを見せると言っても具体的には？

その辺でモンスターか盗賊でも見つけて退治するんですか？

「手っ取り早く模擬戦でいいんじゃない？」

「模擬戦？」

パッファ様は、こちらにかまわずサクサク話を進めます。

「お～い、ソンゴクちゃん」

「何っすかぁー姐《ねえ》さん？」

我関せずと向こうで遊んでた天使ソンゴクフォンを呼んで……。

「ちょっと旦那様と戦ってよソンゴクちゃん」

「ラジャー」

とんでもないことを言い出しました。

アロワナ王子をソンゴクフォンとサシでやらせるとか本気ですか!?

相手は神すら恐れさせる存在ですよ!?

「それくらいの相手と互角以上に戦えないと示しがつかねえだろ」

示しをつけるだけならもっとハードル低くていいのでは!?

どちらにしろ天使とガチバトルはないでしょう!?

……あ、いや。

ソンゴクフォンとて、私たちと一緒に旅して多少は成長しているはず。精神的に。

常識や思慮を身につけて……。

この勝負だって、上手《うま》く手加減してアロワナ王子に花を持たせてくれると言うことも……。

「マナカノン、フルパワー」

「うへえッ!?」

ソンゴクフォンの放った閃光《せんこう》を、アロワナ王子はギリ避けました。

流れ弾となったマナカノンは向こうへ長く伸びていき……。

遠くにあるお山を吹き飛ばしました。

「…………ッ!?」

「!?」

「!?!?!?!?」

見学する女学生たちから即座に表情が消えました。

想像を超えるものに出会ってしまった時の顔でした。

「ちょっとーッ!?　ソンゴクちゃん手加減なしではないかーッ!?」

「バトルと言えばガチッしょー？　つーわけでフルファイヤー」

「ぎゃあああああッ!?」

アロワナ王子、もはや威厳を示すどころではなく生き残るだけが望みの戦いになってきました。

それを見学する人魚生徒さんたちは表情が死んでます。

周囲がソンゴクフォンのばら撒《ま》く閃光によって火の海となる中……。

最悪の状況をさらに最悪にする者が降り立ちました。

『アロワナ殿！　実に果敢ではないか!!』

現れるドラゴン。

新たな旅の仲間。グリンツドラゴンのアードヘッグ様でした。

宿に泊まる時『気晴らしにその辺飛び回ってくる』と言っていた彼が、このタイミングで戻ってくるとは。

『天使ソンゴクフォンに単身挑むとはなんという蛮勇！　それこそ英雄の証《あかし》！』

「アードヘッグ殿……！　そういうんじゃなくて……！　助けて……！」

『貴殿の資質を見極めるため、おれも参戦するのが最善と見た！　いくぞーッ！』

「ぎえええええええッ!?」

地獄絵図。

ソンゴクフォンvsアードヘッグ様vsアロワナ王子の三つ巴《みつどもえ》戦。

どう考えてもアロワナ王子が場違い。

数秒と経《た》たずに消し炭になってしまうんでは!?

「甘いね、よーく見てみな……」

パッファ様が落ち着き払っていますが、これは一刻も早く救出せねばアロワナ王子の存亡に関わる。

「うぎゃああああッ！　ひぃいいいいいいいッ!?」

ほら！　今にも死にそうな悲鳴を上げて……!?

「うおおおおおッ!?　んほおおおおおおおおッ!?」

……あれ？

悲鳴がなかなかやみませんね？

アロワナ王子しぶとい？

「あの人を侮るんじゃないよ」

パッファ様が自信たっぷりに言います。

「伊達《だて》にこれまでノーライフキングや吸血鬼やオートマトンと戦ってきたわけじゃないんだ。皆の助けもあった。それでも旦那様はピンチを乗り越え確実に強くなっている……！」

な、なんですってー？

あッ、アロワナ王子、真正面からドラゴンブレスを斬り裂きましたよ、矛で!?

『むうッ!?』

今度は、ソンゴクフォンちゃんのマナカノン乱射を潜《くぐ》り抜けて懐に入った!?

「ここまで接近すれば飛び道具は役立つまい！」

「うへぇー、王子のすけべー、離れるっスよ変態ぃーー！」

「離れたらまた狙い撃ちされるだろうが！　神様から遠近両用の武器を貰《もら》っていながら使い慣れて

いないとは不心得だな!!」

互角に戦っている……!?

天使とドラゴンに挟まれながら……!?

アロワナ王子そんなに強くなっていたんですか!?　この旅で!?

この神話の戦いかと見紛《みまが》う風景を前に、人魚女生徒たちは完全に表情が死んでいました。

「お兄ちゃんが遠いところへ行ってしまった……」

彼女たちは帰ったあと「アロワナ王子がドラゴンとかと互角に戦ってた!」という噂《うわさ》を人魚国に流してくれる……。

……んでしょうか?

豪快すぎて逆に眉唾と思われそうなんですが?

「ふぃー、大変な目に遭った……！」

と言ったのはアロワナ王子です。

引き続き、王子の修行の旅模様をオークのハッカイがお伝えいたします。

とはいえ現在は、社会見学とやらに来た女学生が、目的果たして帰っていった直後。

アードヘッグ様とソンゴクフォンに挟まれてアロワナ王子は死地から生還したといったところです。

「本当に死ぬかと思った……！」

でしょうね。

アードヘッグ様のブレスもソンゴクフォンのマナカノンも掠《かす》っただけで充分死ねますからね。

それらが嵐のように飛び交う中を、よく全部よけきれましたわ。

「たっだいまー」

女学生たちを農場に送り帰してきたパッファ様も、転移魔法で戻ってきました。

「よし、では今度こそ出発するか」

「今日はどこまで行くの？」

「実はな、魔王ゼダン殿から言われたことがある。旅の途中、近くを通りかかったら是非とも寄ってほしい場所があると」

「？」

「それがちょうどこの辺りなのだ」

魔王様の要請では無下にするわけにもいきませんね。

では今日の目的地はそこになりますか。

「気張っていくぞ！」

「「「おー」」」

＊　＊　＊

到着しました。

「ねえ旦那様、本当にここでいいのかい？」

「うむ、ゼダン殿が示した場所はここで間違いないはずなのだが……!?」

しかし私たちが辿《たど》り着いた場所は、何と言うか荒れ果てていました。

街どころか村すらなく、それどころか草木一本生えていない。

生命感のない荒れ地というべき場所でした。

魔王さんは、なんでこんなところへ私たちを来させたのでしょう？

「誘《おび》き出して襲撃するためとか？」

「アードヘッグ殿！　戯言《たわごと》を申すでない！　ゼダン殿に限ってそんな姑息《こそく》な手段を使うことはない!!」

「ごめんなさい……！」

アードヘッグ様はシュンとなりました。

ドラゴンの割に打たれ弱い御方《おかた》です。

そうこうしているうちに……。

「おお珍しい、旅の御方かのう？」

誰もいないと思われていた荒野から、一人の人間が現れました。

……人間？　人族？

「どうせ道にでも迷ったのであろう？　一番近くの村がある方角を教えてやるゆえ、急ぎ出発するがいい。今からだと到着するのにギリギリ日暮れとなりかねんぞ」

「いいえご主人、我々は……！」

とにかく人がいたのが幸いと、アロワナ王子はここへ来た経緯を説明します。

さすがに話が大きくなってしまわぬように、ご自分の出自と魔王様のことは秘密にして。

説明中……。

「ほう！　ではそなたが魔王殿の便りにあった人魚国の王子か！」

「!?」

説明をぼやかした王子骨折り損。

どうやら相手は、すべてを知っておられたようです。

「ご主人、アナタは一体……!?」

「それはどうでもよかろう。既に魔王殿からはな、武者修行中の人魚王子が来たら案内してやるよう言いつけられておる。好きなだけ見学していくがよい」

そう言って荒れ地に住む人間は、ついて来いとばかりに歩き出します。

よく観察すれば、年齢四十代後半といった風の、みすぼらしいながらも貫禄《かんろく》のある中年でした。

「ま、こんな荒れ地を見て学ぶことがあるのかどうかわからんがの」

そこは本当に荒れ地でした。

草木も生えず、獣も住まず、水の流れる川もないということで、こんな場所に人が住むこと自体無理だと思えました。

「ご主人は、こんな過酷な場所に何故《なぜ》住んでおられるのか？」

「業とでも言うべきところかの？」

「はあ？」

「命を長らえておるだけ儲《もう》けものよ。それに余には、ここですべきことがちゃんとある」

「それは……!?」

「開拓、かの？」

開拓？

なんとも聞き慣れた言葉が来ました。

「あちらを見るがよい」

ご主人が指さす方で、何人かが鍬《くわ》を振るっていました。

ここに住んでいるのは一人だけではなかったようです。

「ほう、農作業中ですか？」

「いいや、それにもまだ達しておらんよ」

「ええ？」

「あれは、土の中に麦のもみ殻を混ぜ込んでおるのだ。いやそれだけではないぞ。魚の骨を砕いたものや、薪《まき》を燃やしたあとの灰。クズ野菜を腐らせたものなどを……」

有機肥料ですね。

聖者様の農場でも、ハイパー魚肥の他に食べかすを畑に混ぜ込み土の栄養にしています。

「この辺りは見ての通りの荒れ地。土に生命はなく、作物を植えてもすぐ枯れる。なので土を生き返らせることから始めるというわけじゃ」

「なるほど……!?」

「それと並行して水路を引く作業も行っておる。それらが完成して、初めて食いものを作れるというわけじゃ」

それらが完成するには何年もの時間がかかることでしょう。

聖者様の農場では、ハイパー魚肥が作物の成長を促進し、瞬く間に収穫ができます。

水路も、我らオークの強靭《きょうじん》な筋力で進めることができますが、普通の人類の手では蟻《あり》の進みとなりましょう。

そんな困難で、思うように進まないことこそが真の開拓作業と言えるのでは？

「素晴らしい！」

アロワナ王子、何だか興奮しております。

「素晴らしい作業です！　これぞ国家大成の第一歩。ゼダン殿が私に見せたかった気持ちもよく理解できます!!」

「余に言わせれば、その若さでそれに気づいたそなたの方が素晴らしい」

ご主人は、眩《まぶ》しそうに目を細めました。

「余は、こんな歳《とし》になるまで気づくことができなんだわ。この地に来て、自分が人の上に立つ器ではなかったことがまざまざ思い知らされる……！」

「……」

ご主人の、自身の半生を悔いるような口調にアロワナ王子も気づくところがあったのか、改まった表情になりました。

「……失礼ながら、アナタは人族ですね？」

「いかにも。肌の色で見分けたか」

たしかに人族と魔族では、肌の色の濃さに大きな違いがあります。

でも魔国に人族がいるなんて、常識的にはありえないことです。

一体何なのでしょう？

「間違いであれば申し訳ないが、アナタはかつての人間国の人王ではありませんか？」

「「「!?」」」

アロワナ王子の指摘に、私含め旅のメンバー全員が驚愕《きょうがく》しました。

それもそのはず、人間国は既に魔王軍によって滅ぼされ、その王も処刑されたはずなのですから。

私たちの視線は、一人の人族に集中しました。

問題の人物は、ふっと乾いた笑いを漏らしました。

「いかんのう、あまり鋭すぎるのは。王としての美徳にならんぞ？」

「それではやはり!?」

この方は本当に、処刑されたはずの人間国の王。

「本来余は殺されるはずであった。それを魔王殿の慈悲によって生き永らえ、こうして余生を過ごしておる」

表向きは死んだことになって。

人間国支配のためには、その方が都合がいいのでしょう。

「魔王殿は実に慈悲深い支配者じゃ。こんな余にも生きる機会を与え、意味ある仕事を与えてくださった」

それがこの土地での開拓作業。

「余は、この土地で真の王とは何たるかを学べた気分だ。すべてが遅すぎたがの。せめてそなたのような若い王に教訓があるよう、反面教師となれれば幸いじゃ」

「いいえ、そのようなことはありません」

アロワナ王子は、元人王の手を取りました。

「反面教師などではありません。アナタの生き様そのままに、私は王の何たるかを学ぶことができます。ゼダン殿が私をここへ差し向けたわけもよくわかります」

「アンタの娘が……」

パッファ様が口を挟みます。

「別の場所で暮らしているよ。無駄に元気だけど。何か伝えることはあるかい？」

「レタスレートが……!?」

聞いて、元人王様の目の輝きが増しました。

「そうか……！　娘も無下には扱わぬという約束を、魔王殿は守ってくれていたのか……！」

「で、伝言は？」

「いや、無用じゃ」

せっかくの好意ながら、と元人王は遠慮がちに遮りました。

「あの子の中では、余は死んだことになっておるはず。無為に混乱させてはいかん。そなたら、ここで余と会ったことも秘密にしておいてくれ。誰に対してもな」

シッと口の前で人差し指を立てる元人王の仕草に、一同頷《うなず》きました。

「何、ここでの暮らしは見た目ほど厳しくはない。魔王殿がしっかり援助をしてくれるでな。ここで作物が取れるようになるまで食料も付け届けてくれる。余はここで、実際王位にあった頃にはできなかった王の真似事《まねごと》を続けていくのみよ」

＊　＊　＊

こうして我々は、元人王に別れを告げて開拓地から出発しました。

彼はこのまま、二度と歴史の表舞台に出ることはなく日陰の一生を送るつもりなのでしょう。

かつて自分が治めた国と、世界全体にとってよいことだと決めつけて。

「あれもまた王の形なのだな。勉強になった……！」

「そうだね……！」

アロワナ王子とパッファ様が並んで語り合いました。

この経験も、いずれ彼らが人々を治める立場になった時に役立つことになるのでしょう。

この旅もそろそろ大詰めを迎えるのかもしれません。

肉の違い

Let's buy the land and cultivate in different world

はい、俺なのです。

魔族商人シャクスさんから、お土産を貰った。

「いつもお世話になっておりますので。我々の気持ちをどうかお納めください」

ウチの方こそいつもお世話になっている。

農場で作られた、バティの服やらエルフたちの工芸品を売り出すのは、彼の手腕によるものだからだ。

シャクスさんは魔族の大商人。

魔国で唯一、ウチとの取り引きを認められている彼は、それこそ細心の気配りで関係を保とうとしている。

今日の『お土産』も、その意図の一環であろう。

「……で、そのお土産とは?」

いかに俺でも、モノを貰えるならワクワクせずにはいられない。

どれだけ年をとっても『お土産』というフレーズは心を高揚させられるのであった。

「いやあ、これが手に入ったのはまったくの偶然でして。それぐらい市場に出回らぬものなのですよ。しかしそんな希少品を仕入れられたからには！　聖者様に是非とも献上いたしたいと思い!!」

おいおい、こらこら？

いいのかい？　そんな無闇にハードルを上げて？

俺もう、クリスマスイヴの子どもみたいに興奮しちゃうぞ!?

「魔王様のお口にもなかなか入らぬ、世界有数の珍味と讃《たた》えられる、それは……！」

ババーンと紹介！

「スクエアボアの肉です!!」

………………。

……ああ。

「数あるモンスターの中で、もっとも豊潤と言われる肉の味！　それに対して棲息《せいそく》ダンジョンの少なさや、個体自体の獰猛《どうもう》さから入手は困難！」

「はあ……！」

「魔都の最高級レストランでもなかなか並ぶことがない高級食材なのです！　無論聖者様の肥えた舌にご満足いただけるかわかりませんが吾輩《わがはい》の気持ちをお受け取り下さい!!」

「わぁい、嬉《うれ》しぃ……」

スクエアボアと言えば、我が農場のもっとも標準的な肉食材。

俺が角イノシシと勝手に呼んでいる、そのモンスターは、ヴィールが支配している山ダンジョンに溢《あふ》れかえるほど棲息している。

だから俺にとっては日常そのものなんだが……。

『絶対喜んでくれる！』と自信満々シャクスさんに、面と向かってそんなこと言えない。

「ありがとうございます……！　皆で美味《おい》しく食べさせていただきます……！」

「いいえいいえ！　聖者様に喜んでいただけて何よりですぞ!!」

というかこの人にも、過去訪問した際に角イノシシの肉料理をご馳走《ちそう》したはずなんだがなあ。

何度も。

＊　＊　＊

「というわけで……」

晩御飯は、シャクスさんから貰った角イノシシの肉料理だぞ。

「えー？　今日もイノシシの肉ー？」

と不満げに言うのはヴィール。

「イノシシ肉なんてもう飽きたぞー？　もっと美味しいのがいいー。ケーキ、ケーキー」

すっかり舌の肥えたドラゴンになってしまったヴィールは、農場発祥の時期から食べ慣れている角イノシシの肉に飽き飽きしてしまっていた。

贅沢《ぜいたく》な。

昔は喜んで貪り食っていた角イノシシの肉じゃないか。

「我がままを言う子には食べさせません。デザートのヨーグルトも抜きだ」

「わー、ごめんなさい食べる食べるー」

デザートの存在に釣られたのか、ヴィールは改めて食卓に向かうのだった。

「まー、イノシシも美味しいから別にいいかー。……いただきまーす」

角イノシシの肉を焼いた豚肉ステーキ、つまりはトンテキを食するヴィール。

口に入れ、モニュモニュと咀嚼《そしゃく》して……。

「……不味《まず》い」

「えー？」

なんとも微妙な顔をしくさった。

「いや……、何だろう？　味付けのおかげでそこまで不味いってことはないんだけど、いつも食べてるイノシシとは全然違うぞ？　風味からして違う！」

「そうねえ……」

一緒に食卓を囲む我が妻プラティも、トンテキを一切れ口に入れて微妙な表情になっていた。

「いつも旦那様が作ってくれる料理と比べて風味が落ちてる気がするわ。調理のせいじゃないわね。

……素材？」

コイツもすっかり舌が肥えて食通みたいなこと述べやがって。

しかしいつもと違うことなんてないぞ？

俺はいつも通りに角イノシシの肉を焼いて、調味して……！

「……あ」

そういや、今日はその角イノシシそのものが違うんだった。

いつも山ダンジョンで狩猟してくる地産地消の食材ではなく、シャクスさんがお土産で持ってきてくれた別産地のものだ。

だから違うのかな？

俺は試しに冷凍蔵に走り、冷凍保存してある現地産イノシシ肉を一切れ持ってくる。

まったく同じ手法、調味料でもってトンテキを作ると、改めて二人に振る舞った。

「うめえええええええッッ!!」

「美味しい！　美味しい！　そうよこれが本当のスクエアボアの味よ!!　旦那様が作ってくれる至高の妙味いいいいいいッッ!!」

これだ！

これこそ二人が初めてイノシシ肉を食べた時の喜びのリアクションだ！

去りし日が再び戻ってきたように思えて、俺も感動がこみあげてくる!!

……じゃなくて。

「そんなに違うってことか？」

ウチで獲《と》れたイノシシ肉と、シャクスさんのお土産肉。

モンスターの種類はまったく同じはずだよなあ？

俺も試しに、自分用に作り置きしていたトンテキ二種類。それぞれ食べ比べてみた。

全然違った。

なるほどたしかに風味が違う。

一方は、肉の重厚な旨味《うまみ》の中にも、まるで果実のような甘さが含まれている。それに対し、もう一方は泥臭いというか、臭味が多分に残っていた。

シャクスさんには申し訳ないが、やはり素材の差だろうか？

「なんで同じ素材で、こうも差があるんだ？」

まず最初に思い浮かんだ原因は、俺の手に宿る『至高の担い手』。

これまで触れてきたモンスターを幾種も進化させてきたように、角イノシシもより高次の種に進化させていた？

それが味に表れた？

「……多分違うな」

オークボたちや金剛カイコと違い、角イノシシは毎日のように狩られて消費されていく。

ダンジョンで生まれ続ける角イノシシが、生まれた時点で『至高の担い手』の影響を受けることはないはずだ。

最近はオークボたちがダンジョンに入って、俺が完全ノータッチになることだってあるのに。

「では別の原因……？」

やはり産地かな？

前いた世界でも、同じ品種だが産地によって違いが出ることもあったし。

「……あ」

ピンと来た。

狩猟場にしている山ダンジョンには、俺が植えた様々な異世界の樹木がある。

『ダンジョン果樹園』と称して、果物の生《な》る木がダンジョンのそこら中に生えている。

果実の中には、俺たちが収穫する前に熟しきって落ちてしまうものもあるだろう。

角イノシシが、そうした果実を食べていたとしたら？

異世界産の作物は、こちらの世界では大層な美味なようだし、それらを摂取し血肉に変えた角イノシシは、他所《よそ》のものに比べて格段に味が上がっているのではないか。

俺の前いた世界の畜産でも、肉の味をよくするために飼料に拘《こだわ》るという。

時には人間以上にいいものを食べて育つ畜産動物もいるそうだ。

それがこのシャクスさん贈呈の角イノシシとの違いになっているのではないか？

「えー？　それなら最初は、おれのダンジョンのイノシシも他と同じだったはずだろ？　ご主人様が作ってくれた肉料理は最初から超美味しかったぞ?」

「旦那様が作ってくれるだけで、どんな肉でも美味しくなるものよ。イノシシが異世界の果実を食べて味がよくなる変化はゆっくりでしょうから、アタシたちは気づかないまま慣らされていたんでしょうね?」

それが、シャクスさんのくれた通常イノシシ肉を食べたことで、一気に変化を自覚できた。

プラティの推測は正しいだろう。

まさかこんな形で、俺たちが大変な美食に与《あずか》っていたことに気づけるとは。

「シャクスさんのくれた肉は、俺たちに大切なことを教えてくれた。皆で礼を述べようではないか!!」

「「ありがとうございます!!」」

俺とプラティとヴィールは、揃《そろ》ってまだ残っているシャクスさん土産にこうべを垂れた。

「…………で、この肉」

頭を上げてプラティが言った。

「どうするの?」

「え?」

そりゃあ、食べるでしょう?

そのためにシャクスさんが贈ってくれたものだし。しっかり食べて血肉に変えることこそ食材への最大限の返礼であろう。

「おれ、やだぞ。いつも食べてるものより不味い肉なんか」

一方でヴィールの言うことも真理。

食事とは日々の幸福。

毎日に充実感を持ち、明日への活力を得るためにも食事は常にできる限り美味しくなくてはならない。

わざと不味いメシを作るなどもっての外。

しかし、この確実にウチのものより味の落ちる、何処《どこ》とも知らぬ土地を生きていた角イノシシの肉は……。

シャクスさんが、かなり気合を入れて用意したのか。

今なお丸々六頭分残っていた。

肉転生

| Let's buy the land and cultivate in different world |

古人曰く……。

『どんなものでも粉にしたら食える』

いや、本当に言ったかどうか知らんけど。

たとえば麦。

そのままでは硬くて食えたもんじゃないが、挽いて粉にし、水を加えて捏ね、焼いてパンにすれば美味しく食べられる。

粉化こそすべての食に通じる道。

で。

俺たちの目の前にあるお土産イノシシ肉。

贈呈主たるシャクスさんには悪いけど、ウチで獲れる肉の方が遥かに美味しい（オブラートに包んだ言い方）。

不味い（直球）ものを好んで食べたくはないけれど、かつて命あったものを無為に破棄するのは忍びない。

ならばすべきことは一つ。

不味いを美味に加工するのだ。

さすれば食材を無駄にせず、舌も幸せになれるであろう。

その加工方法が、さっき言った『粉』。

一度原形を留《とど》めないほどにまで粉々にして、まったくの別食品に作り替えてしまうのだ。

肉の粉状と言えばミンチ。

ミンチで作る肉料理と言えば。

「ハンバーグ……！」

ハンバーグは本来牛肉だけど細かいことは気にしない。

一応ハンバーグの材料は一通りあるので作ってみた。

空気を抜くために、両手で超高速キャッチボールした。

出来上がったら皆に好評だった。

ヴィールや大地の精霊など、子ども組には特に好評。

「うめえええええええええッッ!?」

「うめーです！　うめーです！　どくとくのはごたえですうううううッッ!!」

……子ども組？

なんか語弊がある表現だが……。

意外にもハンバーグはまだ作ったことがなかったのだが、これからメインメニューとして登録されることだろう。

しかし問題は解決しない。

シャクスさんの贈ってくれた肉はまだまだ残っている。

ウチの農場もそれなりに人数いるから、シャクスさんが気を利かせてたくさん用意してくれたんだろうなあ。

でもさすがにこれを全部ハンバーグにはできまい。

きっと飽きるし、あと挽肉《ひきにく》を捏ね捏ねしすぎて手首が死ぬ。

「別のアプローチが必要かなあ……」

他になんかあったっけ？　ミンチでできる料理って……？

……ハッ!?

「ソーセージ……！」

あれもたしかミンチを使った料理のはず。

しかも保存食で日持ちがいいはずだ。

質の悪い肉……、ゴホン、処理に困った肉にはピッタリの調理法ではないか！

よし、シャクスさんから貰《もら》った肉で異世界ソーセージ作りに挑戦だ！

＊　＊　＊

ソーセージと言えば、言い換えれば挽肉の腸詰。

即《すなわ》ち腸が必要だ。

材料の肉が目の前にあるんだから、そこから取ればいいじゃん。

……と思えたが、シャクスさん贈呈の肉はしっかりと解体処理がしてあって内臓も骨も抜き取られていた。

ウチで狩猟したモンスターは、どんな部位でも無駄にせず利用したいので、モツも捨てずに保存してある。

大抵はもつ鍋にして皆で楽しむのだが……。

……あった。

食材庫を探していたら、フツーに角イノシシの腸が冷凍保存してあった。

処理したのはオークたちかな？

内側もしっかりきれいに洗ってある、良い仕事だ。

挽肉を入れる腸はこちらを使用しよう。

ギフト『至高の担い手』の出番だ。

我が手に宿る力が勝手に最善を選択して、腸の処理をテキパキ進めていく。

中に入れる挽肉の方も、ソーセージならではの添加物や混ぜものがあるのだろうが、そこも『至高の担い手』の手癖に任せる。

周囲に適当な食材を並べておくと、その中から一番適したものを掴《つか》み取って挽肉に入れていくのだ。

全自動。

『至高の担い手』本当に便利。

挽肉を入れるための腸袋。

腸袋に入れるための挽肉。

双方が揃《そろ》った。

あとはこれを一つに合わせるだけだ。

そうすればソーセージ完成！

……するが。

「どうやって詰めよう？」

こういうのってたしかあれでしょう？

腸の中に挽肉を詰め込む専用の機械があるんでしょう？

それがなきゃダメなんでしょう？

いや知らんけど。

もしかしたら頑張って手で詰められるかもわからんけど、なんかそのやり方は美しくない。

これからも定期的にソーセージを作るとすれば……。

欲しいな！　ソーセージの挽肉入れ機！

……充塡機《じゆうてんき》？

まあ、そう呼んでおこう。

ではその充塡機をどう用意するか？

またヘパイストス神に頼るという手もあるが、何となく充塡機の構造は簡単そうなので、ヘパイストスカウンターを消費するのが気が引けた。

なら他にどんな方法があるか？

そうだ、こうした工具作りに長《た》けた知り合いが最近できたばかりじゃないか！

＊　＊　＊

「……そして、ワシか」

ドワーフの親方エドワード・スミスさんを再び我が農場にご招待した。

要件の趣旨をわかりやすくご説明するため、まずはハンバーグを召し上がっていただいている。

あと、もちろん酒も。

「この腸を加工して作った袋にね、挽肉を隙間なくパンパンに詰め込みたいんですよ！　そうするための道具を、ドワーフさんに作っていただけないかな、と！」

もちろんお礼もたんまり用意させていただくつもりです!!

「聖者様のお頼みとあれば断るなんてしませんがね。……まあ、この挽肉の柔らかさから見て、圧力かけて押し出すのがいいんじゃないですかねえ？」

「おお！」

さっそく有効なアイデアを!?

さすがドワーフ！

「そういう仕組みはポンプを応用すれば簡単に作れるでしょう。地下の掘削作業にポンプは必需品ですから」

「それでは早速製作を！　もちろん素材はこっちで用意します!!」

マナメタルのインゴットをドン！

「またマナメタルうううううウッ!?」

エドワードさんが、痙攣《けいれん》していらっしゃる!?

「そういや前にマナメタルの蒸気船見た時もショック死していたし、どうしたんですか!?　マナメタル嫌いなんですか!?」

「い、いや……、好きとか嫌いとかいう問題ではなく。……できれば、至近にいきなりガンて出すのは……、刺激が強いんで……！」

刺激ですか……!?

とにかくエドワードさんの、ドワーフの工作技術とノウハウを頼りにしたい。

「一緒に、ソーセージ充填機の作成をしていきましょう！　このマナメタルで！」

「やっぱりマナメタルが材料なのかあああああッ!?」

えッ？　ダメですか？

マナメタルだと、食材に金属の臭いが移ったりしないので大変助かるんですが!?

「ダメとは……！　ダメとは言わないけれど……！　地上最高の金属が……！　伝説の名剣じゃなく調理器具に……!?」

何やら身を斬られるような表情だけど……？

まあいいや。

まずはマナメタルを必要な分だけ斬り分けるところから始めよう。

こんな時こそ出番だ邪聖剣ドライシュバルツ！

「聖剣んんんんんんんんッッ!?」

おおうッ!?

なんだ!?

またエドワードさんが奇声を発した!?

「魔族の王だけが所持するという！　神が作った伝説の聖剣が!?　ワシの目の前に!?　ゲンブツが

ああああッ!?」

そんなに興奮するものですかね!?

いや、言うほど大したものじゃないですよ?

世界の危機と戦うでもない俺ですから、どんなに強力な武器があっても無用の長物ですし。

精々こうやって、素材を切り分ける程度の用途しかね?

シュパーン、と。

「聖剣でマナメタルを切り分けてるうううううッ!?　地上最強の聖剣を工具代わりいいいいいいッッ!?」

エドワードさん。

落ち着いて。

あまり興奮しすぎると、以前のようなことにもなりますし……。

「ダメだ……!　この土地は、ワシの理解を超越している……!　ワシの、ワシの半生懸けて築き上げてきたドワーフ職人の価値観が、崩壊……ッ!?」

「?」

「………………」

「また死んでるッ!?」

再び急性ショック死したエドワードさんを復活させるために、俺は大急ぎで先生を呼びに行かなければならなかった。
彼との会話はスリル満点だ。

そんなこんなでエドワードさんと協力して、作り上げました。

ソーセージ充塡機《じゆうてんき》。

「圧力で、挽肉《ひきにく》を腸袋に押し込む仕組みですな。魔力を使わぬ手動方式だから誰でも操作可能です」

ありがとうございます！

さすが鍛冶工芸に秀でたドワーフ!!

その知識技術は大変助けになりました！

これで安直な死に癖さえなければ！

俺は早速、完成したばかりの充塡機でソーセージを作成してみた。

「えーと、この穴に腸袋をセットして……、挽肉を押し込む……!?」

おお。

入る入る。

挽肉は、すんなりと腸袋に詰められて、俺のよく知るソーセージの形になっていった。

適当なところで捻《ひね》り、糸で縛って区切りをつけたらもうソーセージ以外には見えなくなる。

ここから保存性を高めるために燻製《くんせい》にするパターンもあるのだが、今回はパス。

面倒くさいから。

どうせこのまま即座に食すつもりだし。

そのまま『えいやッ』って鍋に投げ込んで、茹《ゆ》でた。

「完成！」

ドワーフの協力による異世界ソーセージ！

「よし」

「早く食べさせなさい」

既にプラティとヴィールがスタンバイしている!?

目敏《めざと》いヤツらめ。

まあ、試食係は欲しいので、躊躇《ためら》わず茹でたてソーセージを差し出す。

事前にケチャップとマスタードも用意したので、好きな方を付けてみれ。

「「いただきまーす」」

今回、ソーセージの材料に使った角イノシシの腸は太く大きく、俺が前の世界で見たウィンナーソーセージより大きめになってしまった。

フランクフルト級？

混乱しないために呼び方はソーセージで統一しよう。

そんな太くて大きな棒状の肉がプラティ&ヴィールの口内に入る。

女の子のぷっくり艶《つや》やかな唇を滑りつつ肉棒が侵入していき、中ほどでパリッと音を立てて折れた。

「「うまあああああああいッ!!」」

いつもながらリアクションがいいなあ。

「これ、これもスクエアボアのお肉なの!? そのまま焼くのとも、ハンバーグにするのとも違うわ! ちょうどその中間みたいな歯応え!?」

「プリップリで歯を押し返すようだぞ! パリって! 口の中でパリって!!」

異世界ソーセージは大成功のようだ。

いつものように、プラティヴィールの歓喜に誘われ他の住人たちも集まってきた。

彼らのために、急ピッチで腸に肉を詰める。

「シャクスさんから貰《もら》った肉、全部使い切るぞー!」

元々そのためのソーセージ作りでしたからね。

余ったら燻製にして保存したればいいんだし、脇目もふらず充填機で肉詰めまくるぞ!

腸内空っぽの方が、肉詰め込めるともいいますしね!

ゴブ吉! ソーセージを茹でたり焼いたりするのはお前たちに任せるぞ!

俺はひたすら肉詰めまくる!

「あ、そうだ。エドワードさんもソーセージ食べてってくださいねー！」

アナタのおかげで成功したようなものですから！

……と思ったらエドワードさんは、既にソーセージを肴《さかな》に一杯やっていた。

飲まれているのはビール。

さすが酒好きドワーフはセンスが鋭い。

ビールとソーセージのジャーマンコンボを、誰に言われるでもなく完成させるとは。

「おぉい、バッカスや……！　酒をもう一杯くれ……！」

「さすがの酒の神でも止める頃合い。お前、ここに来てからずっと飲み続けてばっかっす！」

「仕方ないじゃろうが！　常に酔ってないと！　この場所にシラフでいたら、またいつショックで心臓止まるかわからんわ!!」

俺は、エドワードさんに思ったより負担を強いていたのだろうか？

だとしたら無意識に悪いことをしていた。

たくさんソーセージを茹でて労《ねぎら》ってあげなくては。焼いてもいいかな。

鍛冶が専門の人だから、アスタレスさんの聖剣を復活させたときの話でもしたら喜ぶかな？

「聖者様、聖者様」

何ぞや？

次のソーセージならまだ出来上がってないぞ？

「来客ですよ。パンデモニウム商会のシャクス様です」

え？

あの人また来たの？

ちょっと今手が離せないから、ここにお通しして。

「聖者様。こたびまた珍しいものが手に入りましたので……。はう？」

シャクスさん。

俺の行っている珍妙な作業にすぐさま気づく。

聞かれて答えるのも面倒なので、先んじて説明する。

「これはですねえ、ここをこうして……！」

「はいはい？」

「焼くか茹でるかして……」

「ほほう～？」

「で、食べる料理なんですよ」

ソーセージの概要を説明し終わると、シャクスさんは明快な驚きの声を上げる……かと思いきや。

逆に深く沈んで考え込む表情をしてしまった。

「……あの？　食べます？」

「是非とも」

茹でた方と焼いた方のソーセージを両方渡す。

ケチャップとマスタード好きな方を付けてお召し上がりください。

シャクスさんは、既にご年配の域でダンディなお髭《ひげ》を蓄えた紳士だ。

その渋さ溢《あふ》れる口元に、極太肉棒を運び、躊躇いなく口内に入れる。

黙々と食べ……、というか吟味している。

なんだこの、食事シーンにあるまじき真剣さは？

「す、凄《すご》いでしょう？　この料理、シャクスさんから貰った肉を材料に……！」

「聖者様！」

シャクスさんが食い気味に俺に迫る。

「この装置、量産は可能でございましょうか？」

「え？」

シャクスさんが指さすのは、今を時めくソーセージ充填機。

「量産？　どうだろう？　総マナメタル製だしなあ」

「だからなんで総マナメタル製なんですか!?」

そこを除けばけっこう簡単に作れるんじゃないの。

詳しくは共同制作したエドワードさんに聞いてほしい。

「エドワード……？　おおッ！　もしやドワーフ王エドワード・スミス様ではございませんか!?」

「誰じゃ!?」

「吾輩《わがはい》ですよ！　パンデモニウム商会の会長で、以前ご挨拶に伺った!!」

さすが偉い人同士、既に面識があったらしい。

何やら二人で話を進めている。

「このソーセージ充填機なら設計は頭に入っとるし、原料さえもっと安価なものに替えれば、我がドワーフ地下帝国で量産は可能じゃぞ？」

「マジですか!?　やった!!」

『やった』って……？

「しかし元々の発案者は聖者様なのだから、あちらに許可を取らん限りはやっちゃダメじゃろ？ウチもそれがない限りはビクとも動かんぞ？」

「聖者様！」

シャクスさんが、今度は俺に迫ってきた!?

「お願いでございます！　このソーセージ充填機を、量産して売り出す許可を!!」

「え!?　売るんですか!?　アレを!?」

「こんな斬新な肉加工品、大ヒット間違いなしです！　当然聖者様にもアイデア使用料を払わせていただきますので！　許可を!!」

いや、金なんていらんし。

美味《おい》しいものを独り占めするなんて気もないから、広めてくれるなら広めていただけるとありがたい。

「ただ食中毒なんてあると嫌だから、作り方はちゃんと覚えていってくださいね。保存用の加工法もありますから」

「はい！　当然でございます……！」

＊　＊　＊

こうして、商機を見出《みいだ》したシャクスさんはソーセージ充填機を売り出すのであった。

さすが大商人。機を見て敏とはいうが、その実践ぶりが半端ではない。

エドワードさんを巻き込んで、ドワーフ地下帝国に大量発注。

ドワーフ印のソーセージ充填機が売れまくって、魔国中を席巻《せっけん》する。

さらに魔族に制圧された旧人間国にも広がって……。

世界中にソーセージ旋風が吹き荒れることになろうとは、この時の俺は予想だにしてなかったのであった。

オレは露天商。

魔王様のお膝元、魔都で店を営む商売人よ。

しかも特定の店を持たず、屋台を開いてモノを売る。

オレの家は曽祖父《ひいじい》さんの代から屋台一筋、脇目もふらず青空の下で商売してきたんだから舐《な》めちゃいけねえぜ。

オレにも最近になって超かわいいベイビーが生まれたが、この子もいずれはオレのあとを継いで魔都で屋台を営むことだろう。

愛する息子にあとを継いでもらうためにも、今日も頑張って稼がねば！

＊　＊　＊

で、先祖代々続いてきたウチの屋台商売。

廃業の危機を迎えております。

何故《なぜ》かというと、ここ最近、強力な商売敵が現れたから。

なんと天下のパンデモニウム商会だ!!

ヤツら、何とかいう新商品でもって屋台を出しやがった。

しかも、魔都各所に十数軒と同時多発的に。

れっきとした店持ちが、露天商売の上前をはねようとは仁義知らずな!

すぐさまオレたちは露天ギルドに訴えたね。

オレたち露天商の大元締めだ。

しかしギルドマスターは情けないことに、既に相手から説得されてしまっていた。

相手……、つまりパンデモニウム商会側の主張では、屋台を出すのは期間限定。

一ヶ月もすれば店を畳んで撤収するとのこと。

たかだか一ヶ月で何をしたいんだ?

わけがわからない。

しかし相手が大商会である以上全面対決にも出られず、期間限定という条件を根拠に事態を見守ることにした。

商会の連中が売り出すのは、見たこともない食い物だった。

棒状で? 赤いような黒いような?

わけがわからない。

ヤツらはそれを鉄板で焼き、串に挿して売り出していた。

そんな得体の知れないもの誰が買うか。

タカを括《くく》っていたものの新しい物好きはどこにでもいる。

最初のうちは、そうした連中が珍しがって買っていくだろう。しかし飽きればそれまでだ。むしろ終わってくれ……、と願っていたが、当てが外れた。

やがて大盛況になった。

新しい物好きは、一度食べた料理を気に入ってリピーターとなり、それに釣られて新しい客がやってくる。

そうした賑《にぎ》わいが新たに話題を呼んで、大売り上げのスパイラル。

やばい！

傍《はた》で観察していたオレは思ったね。

隣の大盛況は、我が店の閑古鳥。

案の定、売り上げはガタ落ち。

おこぼれで寄ってくれる客すらいなかった。

それもそのはず。

オレの店が売っているのは、近くの養豚場から仕入れた肉をあぶり焼きにしたもの。

品目が駄々《だだ》被《かぶ》りしてしまっていた。

後々調べてみたら、商会が売りだしているのはソーセージと言って、ウチと同じ豚肉を加工したものらしい。

同じ屋台でも、売り物が被らなかった幸運な者は大盛況のおこぼれに与《あずか》って売り上げを伸ばしたりもしたが。

ウチはダメだ。

ある時試しに、憎き商会の屋台に並んで問題のソーセージとやらを食べてみた。

串に挿して焼いた焼きソーセージだ。

クッソ美味《うま》かった。

長いこと豚肉を焼いて商売してきたはずなのに、豚肉がこんなに美味いなんてまったく知らなかった。

こんなに美味《おい》しいものを食べたあとでは、ごく平凡なウチの焼き豚なんか食べたくなるわけない。

くそう！

なんでよりにもよって食材まで同じなんだ!?

牛肉とか魚とか他にも色々あるだろうによ!?

商会は一ヶ月もすれば撤退すると言っていたが、一ヶ月耐えて状況が改善するとも思えない。

新しい味に慣れてしまった客は、古い物に見向きもしなくなるだろう。

……こうなったら、売り物を別のものに切り替えるか？

それで、大商会との競合を避ける？

……いやいや。

そんな簡単に行くわけがない。

大体ウチで焼き豚以外に何を売れと言うんだ？

何を売るにしても、それぞれ独自のノウハウが新たに必要になる？

それを修得するのにどれだけの時間がかかる？

仮にノウハウを修めて新装開店できたとしても、大抵の売れ筋は既に他の露天商が押さえているんだ。

何をやっても商売敵とぶつかるだろうし、そして商売敵の方に一日の長がある。

ならいっそ売り場所を変えて……。

それもダメ。

大商会は、魔都内で露天が許可されている区域に残さず屋台を出しているらしい。

何処《どこ》に移動してもかち合うに違いない。

八方塞がりだ。

率直にそう思った。

オレの未来が閉ざされるのはまだいい。しかし、生まれたばかりの我が子の未来まで閉ざされてしまうとは……。

魔族の神ハデス様……。

オレのことはいい、せめてベイビーに明るい未来をお授けください……!!

＊　＊　＊

大商会の屋台ができて、二週間ほど経《た》っただろうか。
いよいよ商売替えするしかないか。
悲壮な覚悟を固めていたら……。
当の災難そのものが訪ねてきた。
「パンデモニウム商会の者です」
貴様ああ――――――ッ!!
どの面下げて乗り込んできた!?
お前らのせいでなああ!!　オレの人生設計はズタボロに……!
大資本が零細虐《いじ》めて楽しいかあああ――――――ッ!?
……と怒鳴り散らしたかったが、そこは最後の理性で踏《ふ》み留《とど》まる。
一体何の用かと、話だけは聞いてみることにしたが……。
「当商会で作ったソーセージを、アナタのお店で売っていただけませんか?」
はい?

「話題作り、評判作りのために商会みずから屋台を出しました。その甲斐《かい》あって大盛況。一ヶ月かけて周知させる予定でしたが、この二週間で当初の目的は達成されました」

それで、彼らは次の段階に移るという。

「これからは継続して売ることを考えねばなりません。正直言って我が商会には屋台のノウハウはありません。この二週間も手違いの連続でした。それにこれ以上アナタたちのシマを荒らしては対立が顕在化します。商会そのもののイメージダウンは避けたい」

ふむふむ。

まあ、そうですなあ。

「そこでアナタに引き継いでほしいのです。アナタの屋台では豚肉を扱っている。ソーセージと同じ素材です」

そりゃあ素材は同じだけど。

あんな不思議な料理、作り方をすぐさまマスターできるかなあ？

「問題ありません。この道具を使えば、ソーセージは誰でも簡単に作りだせるのです」

ドンと大きな金属の塊が目の前に。

何これ!?

「ソーセージ充填機《じゅうてんき》です。これを使ってソーセージを作るのです」

マジか!?

「アナタには、この道具のリース料を払っていただきます。それを当方の利益といたします。我が商会は屋台出店中、特例として倍以上の場所代をギルドに払ってきました。その分を差し引けば、値上げなどはしないですむでしょう」

そんなこと提案するぐらいなら何故最初からこなかった？　と思ったが……。

いや、無理だろう。

こんな初めて見る形の、得体の知れない食べ物。

予備知識なしに「売ってくれ！」と提案を受けて素直に承諾したとは思えない。

こうして今、パンデモニウム商会自身が売りだして大成功を収め。その成功によってオレ自身が死にかけている今だからこそ、この提案に飛びつきたくなる。

さすが海千山千の大商会……！

こちらが断らない、いや、断れない下地をちゃんと作ってから交渉に来るとは……！

＊　＊　＊

こうしてオレは、ソーセージ売りの屋台として再スタートした。

焼いても美味い！

茹《ゆ》でても美味い！

さらにパンに挟んでみたらどうかな!?

売り上げは上々。

ウチの商売替えと、パンデモニウム商会の屋台撤退がピッタリ同じタイミングだったので、ソーセージ目当ての客は揃《そろ》ってこっちに流れてきた。

我が屋台人生で最高の大盛況！

忙しすぎて死にそうだ！

店を出す前に、死ぬ気で充填機の使い方を覚えて、ソーセージ作り置きしておいて本当によかった！

このペースなら二週間分の落ちた売り上げはすぐさま取り戻せそうだ。

パンデモニウム商会も、自身の屋台が予想以上に儲《もう》かったそうで「儲けを還元するために向こう半年分のリース料を免除しましょう」なんて言い出しやがった。

気前がいい!!

こうしてオレは人生最大の苦境を乗り越えることができた。

我がベイビーの未来も繋《つな》げることができたぜ。

待ってろよ！　我が宝物！

このソーセージ屋をお前の代に引き継げるように！　父ちゃんが精一杯盛り立ててやるからな!!

植林作業の進捗

Let's buy the land and cultivate in different world

エーシュマがやってきた。

魔王軍の新四天王になった人だ。

「聖者様！　植林作業の進捗を報告しに来ました！」

遊びに来たのかと思ったら仕事の話だった。

真面目な人だ。

「植林作業？　何の話だっけ？」

「ちょッ!?」

ウソウソ。

覚えてる覚えてる。

アレだろう？

人間国の枯れた森を復活させようという事業。

ウチに住むエルフたちが、陶器やらガラス細工やら木像やらを売って巨万の富を築いたから。

その有り余る金の使い道として提案された。

元々エルフたちは、そうした森に住む種族だったのを、人族が環境破壊して住《す》み処《か》を追われた……、なんて壮大な裏事情があったりなかったり。

そこで人間国が滅びた今、滅びた自然を取り戻そうと魔王軍が動いている。

……でよかったかな？

「この冬の間、苗畑作りに尽力しておりました。万事順調に進んでおります！」

「そうなんだあ、じゃあ、もうそろそろ本格的な植林作業に？」

「いえいえ……！　苗畑に植えた苗木が植林可能なまでに育つには、少なくとももう一、二年……!?」

お、おう、そうか……!?

樹木と言えば、樹齢が百年とか千年とかいうのがザラにある。

数ヶ月そこらのスパンだと思うこと自体間違いなのだろう。

「本格的な植林作業に入れるのは、早くとも翌年以降を見積もっています」

農場にばら撒《ま》くハイパー魚肥の効果で、年何回ものサイクルで蒔《ま》いたり収穫したりしていると感覚がおかしくなってしまう。

最初は、ウチで育てた異世界の樹木を植林しようという話もあったが、検討の結果、却下された。

別世界の生物を繁殖させることで自然のバランスが崩れてはいけないという配慮からだ。

同時にハイパー魚肥で成長促進することも禁止された。

ただ育てて収穫することのみを目的としている我が農場と違って、植林した木は、以後数百年に渡って森を構成していかなければいけない。

成長が速まると言うことは、それだけ寿命も短くなると言うことだ。

そんなこんなでエーシュマたちには、特別なことを何もしない地道な作業を強いているわけだが……。

「元々この作業は、人族との戦争が終わった魔王軍の人材活用としての意味合いもありますから。むしろその資金を聖者様の方から負担していただいて感謝の言葉もありません」

金を出したのは、正確には俺じゃなくエルフたちだけどね。

アイツらの故郷である森を復活させたいという想《おも》いを受け止めてやってくれ。

「そこで、聖者様にご相談があるのですが……」

「ん？」

「今は苗木の成長を待ちながら、本格的な作業の準備を着々と進めているところです。ただ、その準備について問題がありまして……！」

問題？

何ぞや？

「具体的な植林予定地です。今回の趣旨がエルフの森の復活にある以上、木を植えるのはかつてエルフが住んでいた地でなくてはいけません！」

なるほどそうかも。

エーシュマさんはやっぱり真面目だなあ。

「ですが、恥ずべきことに私は、かつてどこにエルフの森があったか知りません。魔王軍に所属する多くの者たちもそうでした……！」

「それは……、まあ……！」

仕方ないいんじゃない？

エルフは元来魔族の亜種とは言われてるけど、今ではすっかり別種族だし。

余所様《よそさま》のことを詳細に把握していること自体珍しいんじゃ……？

「そこで必要となったのです。かつてエルフの森があった場所を、詳細に知る者が」

「わかるー」

「そこでまず思い当たったのが、こちらに住んでいるエルフたち。彼女たちのお知恵を拝借したいと……！」

「わかるぅ」

「可能ならば、顧問として我らの植林作業に同行してもらいたいと!!」

＊　＊　＊

エルフたちを集めて、その旨を告げたところ、暴動が起きた。

「やだあああああああああッッ!!」

「行きたくない！　行きたくないいいいいいいいッ!!」

集合したエルフ、二十名前後。

一人の例外もなくビックリするほどの拒否ぶりだった。

「ええー？　なんで？」

キミらがかつて住んでいた森を復活させるための作業だよ？

協力してあげてもいいんじゃないかな？

「だって！　魔王軍に同行するってことは、ここから離れるってことでしょう!?」

「農場の美味《おい》しいごはんが食べられなくなる！　いやあああああッ!?」

「フカフカのお布団！　ゆったり温泉！」

「そして日々打ち込める工芸の仕事！　やめたくないいいいいいいッ!?」

コイツら……！

すっかり農場での暮らしに飼い慣らされていやがった……！

彼女らも当初は、森の民としての誇りに満ち溢《あふ》れていたんだがなあ。

『森で暮らすエルフは、屋根の下で寝るなど言語道断！』とすら言っていたのに。

今ではログハウス風の寮に自作のベッドを持ち込んで、綿入りマットに、バティ作のフリル付きパジャマを着て安眠する毎日ですよ。

なんかぬいぐるみを抱いて寝てるヤツもいると聞く。

「私たちはもう農場から離れて生きてはいけません……!?」

「ここから移り住むんだったら、何処《どこ》も監獄と同じですううう……!! いっそ殺してくださいいい……!!」

そこまで!?

エデンから追放されようとしてるアダムとイブみたくなってる!?

「農場は、住む者から自立しようとする気概を奪い去るのか!?」

「いや、さすがにそんなことは……!?」

実際この農場に一時期住んでいて、帰っていった人はたくさんいるし。

………………。

コイツらがただ単に甘ったれてるだけか。

「だとしたら、コイツらの中から植林作業の顧問を抜擢《ばってき》する案は無理そうだな」

この駄エルフどもから。

「すまないエーシュマ。せっかく来てもらったのに、このザマで……!」

「いえ、何とかこちらで協力してくれるエルフを探してみます……」

その日は、それでお開きとなった。

＊　＊　＊

それからまた何日か経《た》って……。

「見つかりました、協力してくれるエルフが」

再び進捗報告にやって来たエーシュマが持ってきたのは朗報だった。

そんな奇特なエルフさんがおられたとは。

ウチの駄エルフどもにも見習わせたいぐらいだ。

「それが、ちょっと複雑な経歴のエルフで……、そこも含めて聖者様にご相談を……」

複雑な経歴？

何だろうこのエーシュマのモゴモゴした口振りは。

「そのエルフ、名をエルザリエルというのですが……」

ほうほう。

そのエルザリエルさんとやらが何ぞや？

「元、盗賊なのです」

「んッ？」

「魔国人間国と区別なく荒らし回っていたのですが、魔王軍が威信をかけた捕獲作戦でついに召し取ることができましてね。もう随分前の話です」

んー、何だろう？

このいかにも前に聞いたようなことがある話？

「そして、本来なら捕まったエルザリエルは即刻処刑されるはずでした。魔国を荒らし回った大盗賊なのですから」

しかし彼女は生き残った。

エーシュマの話によれば、彼女と彼女が率いる盗賊団は義賊で、悪質な商人貴族からしか盗まず、また盗んだものを貧しい人々に分け与えもしたらしい。

「そうした背景から、魔王軍の中にも擁護者がおりまして。そうした一人が工作し、表向き処刑執行したことにして彼女を匿《かくま》ったのです」

美談。

「そこからしばらく潜伏生活を続けていたのですが、永遠にそのままというわけにもいかず。今回の募集を受け一《いち》か八《ばち》かで名乗りを上げたそうなのです」

罪を許され、エルフの森復活事業に貢献できるか。

改めて死刑を宣告されるか。

「私も扱いかねてアスタレス様にご相談したところ、聖者様にもお話しすべきだと。それでこうしてまかり越しました……」

アスタレスさんがこっちに話を振ってきた理由はわかる。

彼女も知っているはずだ。

ウチで働いているエルフどもの経歴を。

「……エルロン、マエルガ」

「「はいぃ……ッ!!」」

俺は横にいる二人のエルフに伺う。

この二人は、我が農場に居着く前には別の肩書があった。

エルフ盗賊団『雷雨の石削り団』の頭目&副頭目。

奇《く》しくも今回話題に上っているエルフと同業ではないか。

「もしかして、お知り合い？」

エルロンが『頭が外れるんじゃないか』ってぐらい勢いよく頭《かぶり》を振り、マエルガも無言のまま腕で×マークを作った。

……コイツら間違いなく知ってるな。

「わかりました。確認のためにも、そのエルザリエルさんとやらには我が農場に来てもらって……」

「わー！　待って待って待って!!」

エルロンが慌てて割って入った。

「わかりました認めます！　エルザリエル姉さんは、私たちの仲間だ！っていうか我々の盗賊団の初代頭目だ!!」

始まりの盗賊

「っていうかお頭が生きているのか!?　エルザリエルのお頭が!?」

信じられないという感じのリアクションを示したのが、元エルフ盗賊団の頭目だったエルロン。

いや、お頭はアナタでしょう？

「私は二代目頭目だ……！　『雷雨の石削り団』は、初代頭目でもある先代が結成し、旗揚げした！」

へー。

てっきりエルロンが最初からトップだったものとばかり。

「先代の頃こそ、それはもう魔国人間国を股に掛けて盗みまくったものだが、ある日とうとう官憲に追い立てられてなあ」

そりゃ泥棒なんかしてたらね。

「その時先代エルザリエルのお頭が単身追っ手を食い止めて……。仲間は全員逃げ延びた。それと引き換えにお頭だけが捕まって……！」

エーシュマの話と繋《つな》がってくるなあ。

「お頭が死んだと聞いたから、致し方なく私があとを継いだのに……!!　まさか、まさか生きておられたなんて……!!」

ここで彼女たちエルフチームが農場入りした経緯をおさらいしておこう。

エルロンらもお尋ね者の盗賊団として各地を逃げ回った挙句、この地の果てにある農場にたどり着き、盗みに入ろうとして捕まった。

以後、ウチの農場で働かされている。

……ウチにすっかり住み慣れてしまったのだが。

「先代が捕まってからは鳴かず飛ばずで……!!」

「思えばエルロンが頭目になってからまともな盗み働きは一回もなかったですもんね」

副頭目だったマエルガが言う。

そのまま我が農場生活編に突入してしまったわけか。

「あのッ、お頭は!?　先代は!?　いや姉さんは一体どうなってしまうんです!?」

死んだものとばかり思っていたせいか、混乱して呼び方が定まってない。

「実を言うと、彼女への恩赦が既に決まっている」

「えええええッ!?」

「そもそもエルザリエルへの死刑判決は、被害を受けた悪徳豪商やら貴族が、強硬に訴え出たので下された。それなりに影響力を持ってる連中だったから、魔王軍も聞き入れないわけにはいかなかった」

被害者側としては復讐《ふくしゅう》を望んだのだろう。

「しかし所詮、悪徳なので……。ここ最近魔国で起こった政変で、軒並み粛清されまくっているのだよ。そうなると義賊である彼女らへの同情の方が強くなり、減刑する判決を新たに出すことができた」

状況の変化によって、死一等を減ずることができたってヤツか。

「エルザリエルは、国策であるエルフの森復活事業に協力することで、盗みの罪を帳消しにする手続きができている」

「ええッ!?……あの、なら私たちも無罪にすることは……!?」

同じ盗賊団だったエルロン、あわよくばという下心がありありと。

「だからお前たちも植林事業に協力すれば晴れて綺麗《きれい》な身になれるぞ?」

「断る!! 私たちは一生、この農場で日陰の暮らしを貫く!!」

そこまでして農場から離れたくないか?

……ん?

「でもちょっと待って? そこまで話がまとまってるなら、ウチに相談することないんじゃない?」

もう気張って解決すべき問題なんか何一つ残ってないように見えるんだけど。

「はい、アスタレス様がおっしゃるには、きっと農場にいるエルフとエルザリエルは旧知の間柄だろうから再会させてやるべしと……」

さすが魔王妃、よい勘をしていらっしゃる。

エルロンたちも、死んだとばかり思っていた仲間と会えるのは嬉《うれ》しいだろう。

なんとも粋な計らいではないか！

「じゃあ、そのエルザリエルさん？　とやら、もう既に連れてきてあるの？」

「ええ今、元部下の盗賊仲間たちを一方的に攻撃していますね」

うん、そうね。

なんか弓から矢をシュババババッ、と撃ち出しまくっているエルフがいる。

何あのマシンガン並の連射速度は？

「ひぎゃあああああああッ!?」

撃たれているのはエルロンとマエルガの元盗賊団、頭目&副頭目タッグ。

弓矢の弾幕に容赦なく追い立てられている。

「この軟弱者どもが！　呆《あき》れ果てたぞ！」

人間技とは思えない速射を披露するエルフ。

なるほど彼女のみ、俺にとっては見覚えのないエルフだった。

他のエルフと比べても体つきがガッシリしていてマッチョウーマンという感じ。

チョコレート色の濃い肌や、長く尖《とが》った耳などエルフ特有の特徴は網羅していたが、普通に凛々《りり》しい系美人顔にザックリ古傷が刻んであったりする。

歴戦の猛者感が主張しすぎる。

そんな新キャラエルフさんだった。

「エルフ盗賊団、初代頭目エルザリエル」

「彼女が……！」

たしかに佇《たたず》まいからしてなんか凄《すご》そうな人。

彼女に比べたらエルロンなんぞザコっぽく見えてしまう。

「一同整列！」

「「ふぁいッ!!」」

そしてエルザリエルさんとやら、来るなり即刻ウチのエルフたちを掌握している。

まあ、元々彼女がリーダーだったらしいからあるべき姿か。

「エルロン……、私がいなくなったあとはお前が頭目を継いだようだな？」

「ははッ！　無事なお頭に会うことができて恐悦至極にございまっす!!」

エルロンが恐縮しまくっている。

新旧頭目の揃《そろ》い踏みだというのに強弱関係が明確すぎる。

「そりゃあそうだろう……！　エルザリエルの姉さんは、エルフが名に入れる『エル』の号を、二つも付けることを許されているんだぞ!!」

小声でエルロンが言う。

「盗賊団だって、あの人が一から築き上げたんだ！　私はそれを受け継いだだけ！　あの方こそ猛者中の猛者と言う他ない!!」

エルロンはもう手放しで先代のことを称賛してくる。

……あの人が凄そうなのは、そりゃあ見た目だけでも即座に感じ取れるが。

顔つきといい眼光といい。

アスタレスさんとかグラシャラさん？　ぐらいの強者？

「あれがエルフの最強クラスかあ……！」

そして最強エルフは、なんで登場するなりブチ切れてるんです？

「私は悲しいぞ……！　私なきあとの『雷雨の石削り団』が、ここまで堕落していたとは……!?」

ああ。

「森の民の誇り、義賊の誇りはどこに行った!?　エルフでありながら屋根の下で眠るなど見苦しいにもほどがある!!」

エルザリエルさん、もしかしてさっきの駄エルフの駄エルフっぷりを目撃されていましたか。

それならば頭を抱えるのも致し方なきこと。

「……私は本来、刑吏の刃にかかって死ぬはずだったエルフ。しかしそれを恩情によって生き永らえた」

らしいですね。

「必ず報いねばというところに、エルフの森を復活させるという提案。恩返しも兼ねて協力しようという時に、生き別れた仲間の所在までわかった……！　使命もって旅立つ前に是非一目、舎弟たちの元気な様子を見ておこうとしたら……！」

このザマですよ。

「エルロン、お前にあとを託したのは間違いだったようだ。かくなる上はお前ら全員引き連れて、植林作業を手伝う傍ら一から鍛え直してやる！」

「ええええええッ!?」

「やだあああああああああああああッ!?」

ウチのエルフ、本気で抵抗。

「待ってください先代。話を聞いてください」

「うむ、お前は冷静なナンバー3、マエルガではないか。久しぶり」

「お久しぶりです。エルロンが頭目になってからは私が副頭目でしたがね。それすら過去の話」

沈着冷静で有名なマエルガなら、怒れる初代頭目を上手《うま》くかわすことができる？

「先代と別れてから、我々にも色々ありました。魔国人間国の両方から追われて転々とし、やっとたどり着いたのがここ」

「うむ？」

「ここは我々にとって安住の地なのです！　奪わないでください！」

冷静なエルフ、哀願しかしなかった。

知性の欠片《かけら》もない直球レベルの哀願。

「先代もすぐにわかります。ここがどんなに住みよい場所か！……聖者様！」

「はい？

「コイツにソーセージを食わせてやりたいんですがかまいませんね!?」

何ですかいきなり？

こないだ生産したばかりのソーセージなら燻製《くんせい》処理したヤツをたくさん保存してあるから過熱して食えばいいよ。

保存食だからねソーセージ。

マエルガ、許可を得て持ってきたソーセージを一本千切って、火で炙《あぶ》った。

「そういう加熱の仕方するんだ……!?」

「さあ先代！　食べてみてください!!」

たっぷり熱を通したソーセージが、エルザリエルの手に渡る。

「なんだこれは……？　匂いからして肉料理？　しかし見たこともない……？」

姿形は奇天烈《きてれつ》だが、匂いで美味《うま》いとわかるのか、エルザリエルさんは割と迷わずソーセージを口に運ぶ。

黒々とした焼き色に染まる肉棒が、歴戦エルフのワイルドな口の中に差し込まれて埋没していく。

そして中ほどから、パリッと。

「…………………ッ!?」

漏れ出す肉汁が口の中に広がっていくのだろう。

それがよくわかる表情だった。

「先代、堕《お》ちましたね……!?」

「この味を知ったらもう農場から出られない……!」

ウチのエルフどもがしてやったりな顔している。

「う、煩《うるさ》いな！　たしかに美味《おい》しいがそれがなんだ!?　お前ら食べ物程度にほだされたと言うんじゃあるまいな!?」

エルフたちの果てしない言い争いが始まった。

先輩の審判

エルフ盗賊団の初代頭目エルザリエル。

彼女の訪問は、我が農場のエルフたちにとって、まさに嵐の襲来。

「よかろう！　ならばお前たちが、この土地でどのように生活しているか見極めさせてもらおう！」

ソーセージをガツガツ頬張りながら、彼女は言う。

「お前たちが弛《たる》んでいると少しでも感じたならば、容赦なく連れ去り、新たな任地で鍛え直す！」

「いいですとも」

動じず言い返すのは、冷静な副頭目ことマエルガ。

「私たちが、聖者様の農場でいかに貢献しているか。いかに必要とされているか御照覧いただきましょう。先代に安心して旅立っていただくのです」

強気な発言だなあ。

しかもなんか言葉尻に、鬱陶しいＯＧを厄介払いしたいという空気が滲《にじ》み出ている。

そんなんで本当にいいの？

と思いつつ、エルザリエルの農場見学が始まるのであった。

＊　＊　＊

とはいえ、彼女が見て回るのはエルフ工房のみ。

他のところを見学しても意味ないからね。

「我々が、この農場で任されている仕事は、道具作りです」

案内役を買って出たマエルガが言う。

「我らエルフの器用さを買われまして、こうして工房まで用意してもらって日々励んでおります」

「うむ、道具作りは森で生き抜くために重要だからな」

そこにはエルザリエルさんも納得のようだ。

「現在は四班に分かれて、それぞれ異なるものを専門的に作っています」

マエルガが班長の革細工班。

ポーエルが班長のガラス細工班。

ミエラルが班長の木工細工班。

それから、あと一つ……。

「いずれも作品は魔都にまで売り出され、高額で取り引きされています。その売り上げが、植林事業の資金となっているのです」

「むむ……、それを言われると……！」

そう、ここでのエルフたちの働きが、エルフの森復活へダイレクトに貢献しているのである。

その事実は、エルザリエルさんの反論を封じるに充分な威力があった。

「では、エルフ工房でもっとも精力的な現場へご案内しましょう」

「精力的？」

「はい、かつて『雷雨の石削り団』の頭目であり、今は陶器班の班長、エルロン様の作業場です」

＊　＊　＊

エルロンは、二代目頭目なんだよなあ。

エルザリエルさんが初代頭目だったってことは。

そんなエルロンも、今では土をこねて皿を作る方が様になっている。

今日も同班のエルフらと共に、窯から出した皿を厳しい目で吟味していた。

「……緑が薄いな」

焼き上がった皿を凝視して一言。

プロかお前は？

「今回の作品のメインカラーは緑。私が求める緑は、夏の木の葉のごとく深く瑞々《みずみず》しい緑だ。こんな緑では冬の常緑樹にも及ばん」

「釉薬《ゆうやく》に土灰をもっと加えてみましょうか?」

「いや、既存の材料だけではもう限界だ。これ以上の深い緑を出すには、考えついたこともない新しい素材が必要なのだろう」

なんか難しい話をしやがって。

改めて説明しておくと、エルロンたちは色つきのお皿を作ることに挑戦しているのだが、その色合いが気に入らないらしい。

「別に大した違いでもないだろうに……」

「!? 何を言う聖者様! この皿に込められた玄妙な意図がわからんというのか!」

やべえ。

めんどくさいヤツのめんどくさい琴線に触れてしまった。

「今回の作品テーマは、『旅先でごはんを葉に盛って食べる』という疑似体験。それによって日々の退屈な食事に野趣を織り交ぜようというのだ! だからこそ皿の緑は、本物の葉っぱのように深く瑞々しくなければならんのだ!」

「このように、かつての二代目頭目は皿の焼き過ぎで大変めんどくさい性格におなりで、仕事に一切妥協がありません」

とマエルガ。

かつての頭目に対してあんまりな口振り。

さらにそこへ、新たな登場人物の声。

「フン、エルフ風情が職人気取りとは、思い上がりではないか」

「!? そういうお前は何ヤツ!?」

ドワーフのエドワードさんだった。

アンタまだいたのか？

「ことモノ作りに関すれば、ワシらドワーフ以上の種族はない。エルフごときの泥臭い作品に高値が付くなんて、魔族の目利きも落ちたもんだ」

「何を言う！ ドワーフの作品なんぞ小器用にまとまっているだけの既製品ではないか！ 訴えかけるテーマもないくせに、外縁をけばけばしく飾って誤魔化してるだけだ！」

「お前こそ何言ってんだ!? その装飾こそ、ドワーフが数百年かけて培ってきた超絶技巧だろうが！」

「技巧など、作品の本質を歪《ゆが》める余計なものだと気づけ！ わざとらしい作為を除くことから本物の芸術が始まるのだ！」

「技巧なくして芸術が成り立つかい！ 職人は、常に弛《たゆ》まぬ努力を続けて技術を磨いたかどうかに価値があるんだ！ 技術を除いて、自然のままが一番などとほざくのは、自分の拙さから逃げてるだけだ!!」

「自然が作りだす本物の美に比べれば、人の作為こそ偽物でしかない！ それを理解した上で、人の手から自然の美を作りだすには、まず技巧を捨て去り……!!」

面倒くさいヤツと面倒くさいヤツがかち合って、さらに面倒くさいことになった。

「二人は議論で楽しそうですから放っておきましょう」

「そうだね、下手に絡まれたら面倒だもんね」

「面倒です」

俺もマエルガも、ヤツらから『面倒くさい』という印象しか受けなかった。

その傍らで、今回の主役であるはずのエルザリエルさんが空気と化していた。

「エルロンは変わったな……」

「ええ、主に面倒くさい方向に」

「いや、昔は私を圧倒するような覇気なんて出せなかったはずだが」

「今の彼女は盗賊ではなく、職人ですからね」

まったくだよ。

覇王色の職人気質《かたぎ》が噴出して誰でも圧倒されるよ。非常に面倒くさいよ。

「では、我らが愛すべき頭目をそんな風に作り替えた農場の素晴らしさを、今度はご紹介しましょう」

え？

「他のエルフ工房は案内しなくていいの？　ポーエルのガラス細工とか、ミエラルの木工細工とか？」

「どうせエルロン様の時と同じ展開になりますよ？　ポーエルもミエラルも相当面倒くさい職人気質になってますから」

そうだね。

他人事《ひとごと》のように言っているけど、マエルガ、キミも相当面倒くさくなっているよ？

革製品作りのためにミシン三台、強制的に製作させられたのを俺は今でも忘れてないよ。

……たしかにこれ以上めんどくさいのは食傷気味なので、別のところをエルザリエルさんに紹介することになった。

しかしなんだろう？

彼女に初期ほどの存在感が伴わなくなってない？

「農場の場所柄が濃いと言うことですよ。それこそ先生かヴィール様でもない限り塗り潰されますって」

「またそんな大袈裟《おおげさ》な」

一笑に付そうとしたけど、マエルガは取り合わずに行ってしまった。

え？　マジ？

「エルザリエル様には、そんな農場の濃い生活を体験してもらおうと思います。まずは、これが農場のごはんです」

ちょうど昼飯時だった。

「さっきソーセージを食べてもらったのでお腹《なか》は空《す》いてないかもしれませんが……」

「うまうまうまうまうまうまああああああ……!?」

餓死寸前の人みたいに貪ってるよ？

今日のお昼はサンドウィッチにしてみたけど、お気に召したようでよかった。

「先代！　それ私の分ですよ取らないでください!!」

「美味《うま》すぎるから仕方ないだろうが！　盗賊がヒトのものを盗《と》って何が悪い!?」

悪いよ。

次にエルザリエルさんを案内した先は温泉だった。

「あー、気持ちよかった……！」

体中から湯気をホカホカ出すエルザリエルさん。

当然俺は女湯まで同行できないので、内部の模様を見届けることはできなかったが。

エルザリエルさんが入ってから出てくるまで、たっぷり二時間ぐらいはかかった。

「さらに寝室にはフカフカのベッド！　これを知ったらもう地べたに野宿などできなくなります!!」

こうして、エルザリエルさんが農場での生活を一通り体験した結果……。

＊　＊　＊

「やだー！　やだやだやだやだー!!　帰りたくないーッ!!」

と駄々をこねだした。

「私もここに住むーッ！　毎日美味《おい》しいごはん食べて温泉に入ってフカフカベッドで寝るーッ!!」

「先代！　我がまま言わないでください！」

「そうです！　植林作業を手伝いに行くんでしょう!?」

旧人間国の枯れたエルフ森を復活させるのに、エルフ本人の協力が必要不可欠とのことだから、エルザリエルさんが行ってくれないと大変困ったことに。

ウチのエルフたちが寄ってたかって送り出そうとするものの、エルザリエルさんは地面に指を突き立てて踏みとどまろうとする。

「やだーッ!!　お前らばっかりズルいー！　毎日美味しいもの食べられてズルいーッ!!」

エルザリエルさんは散々ゴネ倒した挙句、ソーセージ充填機《じゅうてんき》を土産に持たせることで何とか追い出……、立ち退《の》いてもらうことに成功した。

「まさにミイラ取りがミイラ……!?」

この農場には、エルフを虜《とりこ》にする効能でもあるのだろうか。

とにかくも彼女が植林作業に協力することで、エルフの森の復活が一日でも早まってくれれば幸いである。

そして……。

「やだやだやだーッ！　ワシも帰りたくないー!!　ずっとここにいるーッ!!」

ドワーフのエドワードさんも同じように帰宅拒否で駄々こねていた。

いや帰れよ。

ドワーフの王様なんだろうアンタ？

帰らないとドワーフさんたちの仕事が滞るじゃん。

農場研修

Let's buy the land and cultivate in different world

エリザリエルさんをやっとこさ送り出して、また直後に来客があった。

ただ今回はちょっと安心。

魔王ゼダンさんというお馴染みの方だったのだから。

「今日は、聖者殿に相談があってきたのだ……」

いつもながら厳かな口調の魔王さん。

「なんです改まって?」

俺と魔王さんの仲じゃないですか。

俺の方だって魔王さんに色々世話になっているんですし、そのお返しをするためにもガンガン頼ってください。

「研修を受け入れてはくれまいか?」

「けんしゅう?」

「魔王軍の有望な若手にな、聖者殿の農場での暮らしを経験させたいのだ」

また異なことを申されて。

研修というのはわかる。

特別な技能やら知識やらを得るために修行することでしょう?

魔王軍のような大きな組織なら研修ぐらいあってもいいと思うが、何故《なぜ》その研修先が我が農場?

「農業とか教わっても、軍の運営にプラスになることとかないでしょうに?」

「いや、この農場では、他にも重要なことを教えてくれる。魔王軍の未来に必要不可欠なことだ。どうか頼む!!」

ここまで全身全霊で頼まれては嫌とは言えない。

元々俺と魔王さんの仲ではないか。

快く引き受けることにした。

＊　＊　＊

こうして我が農場は、十人ほどの若い魔族を受け入れることになった。

皆いずれも未来の魔王軍を背負うべき期待の若手たちらしい。

その若魔族たちが実際到着したところ……。

「我ら魔族にひれ伏せぇ――――ッ!!」

「……」

なんか凄《すご》いイキッている子たちが来た。

「我ら魔族はぁ――――ッ!!　世界最高の存在ぃぃ――――ッ!!」

「人族を打ち破りぃ――――ッ!　地上の支配者に相応《ふさわ》しいいい――――ッ!!」

「讃《たた》えろ!!　ひれ伏せ!!　我ら魔族に服従せよぉ――――ッ!!」

「魔国のおおおッ!　支配力はあああッ!　世界一いいいいいッッ!!」

何だこれ?

訪問した若い魔族たちは、愚連隊か親衛隊かってぐらいに威圧的。

「……魔王さん、これは……!?」

困惑しながら引率の魔王さんに聞く。

彼は『申し訳ない』『恥ずかしい』という感じで渋面していた。

「……これが今、魔王軍にはびこりつつある問題なのだ。いや、魔王軍どころか魔族全体に広がりつつある……!」

魔族を蝕《むしば》む心の病。

その病の名は。

傲慢。

「我ら魔族は、長きにわたる人族との戦争に終止符を打った。勝利したのだ。そのこと自体は喜ばしいことだが、思わぬ副作用が現れた」

一部の魔族が増長し、横柄に振る舞いだした。

さも、自分たちが地上の支配者であるかのように。

「おい貴様ァッ!!」

若者魔族の一人が、俺に食って掛かってきた。

何故？

「魔王様になんたる態度だ!?　馴《な》れ馴れしいぞ！　その御方《おかた》は魔族の王にして今や世界最高の王！　魔族でもない貴様が対等に喋《しゃべ》り合うなど言語道断!!」

ああ。

俺と魔王さんが友だちっぽく話しているのに憤慨しているというわけか。

「ひれ伏せ！　貴様ごときが魔王様を直視することも直答を賜ることも恐れ多すぎるのだ！　世界の支配者、魔族の恐ろしさをブギャランッ!?」

彼は黙った。

魔王さんに殴られ、顔面を地面にめり込ませたがゆえに。

「本当に恥ずかしい限りだ」

若魔族をぶん殴った拳をワキワキさせながら魔王さんは言う。

「勝利は喜ぶべきだが、勝利に酔って己を見失うとは嘆かわしい限り。何度訓戒しても改まる様子がない」

一人はぶん殴って沈黙させたものの、農場へ研修にやって来た若魔族は他にも多数いる。

魔王さんの怒気に身を震わせるものの、顔つきから見て考えを改めたようには見えない。

「このままでは、このバカどもが人族、人魚族に迷惑をかける日が来ないとも限らん。だからできる限り速やかに、この心の病を根絶したいのだ……！」

それで彼らを我が農場に。

わかりました。

俺たちが彼らにしてやるべきことが。

魔王さんの期待に添えるよう全力を尽くそうではありませんか！

＊　＊　＊

では。

研修に来てくださった若手魔族さんたちに見学いただくのは……！

「叩《たた》いて守ってジャンケンポンゲーム!!」

今から二人がジャンケンして、勝った方が攻撃し、負けた方が防御するゲームを皆さんに観戦してもらいます。

では試合開始！

『叩いて守って』

「ジャンケンポン」

チョキ。

パー。

勝敗が分かれた。

『よっしゃくらえー！　ドラゴンブレスー！』

チョキを出したヴィール（ドラゴン形態）が遠慮なしの炎のブレスを吐く。

それはもうドラゴンだから、一軍を灰にしてしまう規模と威力。

それを……。

「マナフィールド展開。脅威シャットアウト率１００％」

パーを出したホルコスフォンがバリアっぽいものを出して防ぐ。

かつて世界を一回滅亡させた破壊天使の一人ホルコスフォン。

我が農場といえどヴィールとまともに渡り合えるのは彼女か先生ぐらいのものだからね。

先生に気軽にお願いできない以上、ホルコスフォンの登板率は高い。

『がはははー、よくぞおれの攻撃を防いだな羽女ー！』

「マスターの指示とあれば従わぬわけにはいきません。アナタともそれなりに本気で争いましょう」

もう一回。

「叩いて守って」

『ジャンケンポン!!』

グー。

あいこ。

『もう一回!!』

グー。

パー。

ホルコスフォンが勝った。

「マナカノン一斉掃射」

ホルコスフォンに搭載されたビーム砲的なものが躊躇《ちゅうちょ》なくヴィールに向けて放たれる。

その威力は、山の一つや二つ簡単に吹き飛ばせるだろうと傍目《はため》から見ただけで察せられた。

ドラゴン形態のヴィールは直撃を受けた。受けはしたが、しかし少しもたじろがず逆にビームを霧散させてしまった。

『がはははー、竜魔法で強化されたおれのウロコには、お前のヘナチョコビームなど通じぬのだー』

ヴィールのヤツも、これまで何度もホルコスフォンとの模擬戦という名のじゃれ合いを繰り返してきたからな。

山をも砕くマナカノンを封殺できる防御力を進歩して身に付けたか。

「……よいでしょう。今度は本気の威力でマナカノンを叩きこんで差し上げましょう」

『そんなことは、まずジャンケンでおれに勝ってから言うがいい。これからの全勝負おれの勝ちだぞー！』

「遅出しは反則ですよ」

こうして最強種vs最強種による殲滅《せんめつ》的ジャンケン大会が繰り広げられるのを、若手魔族さんたちは心行くまで観戦なさっていた。

「さて、これで少しは実感してくれたかなー？」

己の矮小《わいしょう》さを。

ヴィールとホルコスフォンの世界を滅ぼすじゃれ合いを見ることによって『自分たちより強いものなどいくらでもいる』『思い上がってはいけない』と考えを改めてくれればいいのだが。

思い上がったら

私は魔族エリンギア。

世界でもっとも高等な種族である魔族のエリンギア。

魔族は、最高種族となった。

人族を下し、地上の覇者となったことで頂点を摑《つか》んだのだ。

海の底にビクビクと隠れ住む人魚族。

その他大勢の亜人種など物の数ではない。

すべてが魔族にひれ伏し、支配を受けるがいい。

我ら魔族が最強！

我ら魔族が支配者！

すべてを見下し、すべてを所有物とする！

それがこれからの魔族のスタンダードなのだ！

この私エリンギアはまだまだ若手として魔王軍の下っ端であるが、いずれは昇進して全種族の上に立つ。

そのためにも今のうちから気位を高く持って、支配者としての品格を養うのだ。

おお！

シリンギ、ヤドゥルザーク！

キミたちも同じ考えなのか？

同期の私たちは出世の段階も同じであろうから、私たちが四天王となる頃には、その時こそ魔族の天下だな。

他種族すべてを奴隷にし、魔族が支配してくれようぞ！

ラーティル、ロクホンギ、サザ！

キミらも同じ考えか!?

ん？

スタークは何を言っているのだ？　協調が大事？

協調など魔族同士で大切にすればいいので、他種族にまで分けてやる必要などない。

支配してやればいいのだよ。

テクトン、ゼックストも同じ考えなのか？

……わからん者がいるものよ。

まあいい、所詮少数派だ。

これから魔王軍の出世レースで優先的に蹴落としていき、同調者だけで上層部を占めればいい。

そうすればいずれ魔族がすべての他種族を奴隷化する理想世界が実現する！

私たちの時代が魔族絶頂の時代なのだ！

早く出世したいなあ！

＊　＊　＊

などと言い合っている日々が続くうち、我々は呼び集められた。

まず上官からこう言われた。

「最近いくさの勝利に浮かれて『魔族は世界最高』などと傲慢な風潮が広まりつつある。魔王様は憂えておいでだ」

スッと青褪《あおざ》めた。

それは私が日頃から触れ回っていることではないか。

粛清？

もしや粛清されちゃう？

集められた中で私と同じようなことを言っている連中も軒並み青褪めていた。

しかしスタークたち軟弱派の顔触れも見かけるので、粛清じゃない？

せいぜい訓戒？

「そこで、お前たちには研修を受けてもらう」

研修？

上官はなおも続ける。

「これは魔王様直々の指示だ。お前たちには、とある場所へ出向き勉強してもらう。己の分際を。魔族もこの世界に生きる一種族に過ぎないことを実地で学んでもらう」

と言うのだ。

何だかわからないが、腑抜《ふぬ》けたことを言う。

戦争に勝った魔族が最高の種族に決まっているではないか！

既に私には最高種族としての誇りがある！

ちょっとやそっと説教されたくらいで考えを改めるなどと思うなよ！

研修などと何処《どこ》へ連れて行くのか知らないが、逆にそこで魔族のこれからあるべき姿を示し、新しい魔族の時代を体現してくれよう！

そして、転移魔法で連れていかれた研修先は……。

＊　＊　＊

想像を遥《はる》かに超える地獄だった。

ドラゴンがいた。

これがドラゴン。

世界二大災厄と呼ばれるうちの一つ。

直接見るのは初めてだが、それはもう見ただけでわかる最強感。

ドラゴンが火を吐くさまを見た。

あの一吹きだけで魔都が壊滅するなと思った。

恐ろしい。

一緒に連れてこられた同期たちで、早くも失神する者たちが続出した。

ドラゴンの放つ覇気に当てられただけで意識がもっていかれる!?

「どうだ？　凄《すさ》まじいであろう？」

と魔王様が言う。

「お前たちは日頃より魔族が世界最高の種族だと嘯《うそぶ》いているようだが、ではお前たちはヴィール殿に勝てるのか？　彼女もこの世界に生きる一種族であることはたしかだぞ？」

勝てるわけない。

ドラゴンなんかに勝てるわけない。

ドラゴンだけでも意識がもってかれるクラスの衝撃だというのに、さらに驚くべき出来事があった。

そのドラゴンと互角に戦う相手がいたのだ。

しかもなんだ？　あの種族は？

見た目の特徴が、私の知るどんな亜人種とも当てはまらない。

背中から翼が生えている種族など、この地上にいたか？

しかもその翼人間が、ドラゴンのブレスを結界めいたもので完全遮断し、かつなんか強力な攻撃魔法みたいなのを撃ち返している!?

互角!?

完全な互角!?

ドラゴンと互角に戦えるなんてノーライフキングぐらいしかいないんじゃないの!?

「あのホルコスフォン殿は、かつて天神が生み出した天使という種族だ。一度世界を滅ぼしたことがあるという」

魔王様が解説する。

はわわわわわわわわわわわ……。

はわわ!?

「どうだ？　あの二人に魔族が挑んで勝利できると思うか？　できないならば魔族が世界最高と思い上がる資格はないいな？」

「魔王さん、どうですか調子は？」

「わはははは、どいつもこいつも覿面《てきめん》に度肝を抜かれておるわ。思った通りの展開だな！」

なんか魔王様に慣れ慣れしく話しかける人族が!?

え？　人族か？

何か微妙に違う気が……？

とにかく敗北種族の分際で魔王様と世間話など身の程知らず千万！

え？

ここの主《あるじ》!?

ドラゴンも天使も、この人族の配下？

……………………………す、すいません。

「でも、ここでダメ押ししておいた方がいいと思うんですよ。それでいいことを考えました」

「ほう、聖者殿が考えたことならきっと名案に違いない」

待って！

こちとらドラゴンと天使だけでお腹《なか》いっぱい過ぎるのにまだ何かあるの!?

「では先生お願いします」

『はい』

今度はノーライフキング来た!?

世界二大災厄のもう一方来た!?

「驚くのも無理ありませんが、まだ驚くところじゃありません。先生にはある方を呼んでいただくために来てもらいました」
え？　誰？
っていうか、これ以上驚くことなんてないだろう!?
「では先生、よろしくお願いいたします」
『よかろうでしょう。では。にゃ』
ノーライフキングがテキトーな呪文で杖《つえ》を振りかざすと……。
次元が歪《ゆが》み、瘴気《しょうき》が漂う。
これはもしや召喚魔法!?
気づいた時には我々の前に神が降臨していた。
「冥神ハデスさんです」
気軽に紹介するな!?
我ら魔族の主神!?
っていうか神を召喚したの!?
魔族でなら専門の召喚術師ですら数十人がかりで上級精霊召喚がせいぜいなのに!?
さすが世界最悪のノーライフキングと恐れおののく暇すら与えられんのか!?
「ではハデスさん、お言葉を……」
『うむ』

そして例の人族っぽい男が神を促してる!?

何なのコイツもう!?

『えー、話は聞いておるぞ。お前らアレだろう？　魔族が世界最高！　とかイキッておるそうだな？』

なんで神が私たちのこと聞き及んでいるの。

『神はそういうのよくないと思うぞ？　この世界に住む人類は皆兄弟ではないか？　無闇に上下を決めたりせず仲よくな？』

そして神から直々に注意を受けた!?

これはどうしたらいいんだ!?

はい、俺です。

今日は魔族の若者たちをお呼びして研修会を開いております。

まずはヴィールとホルコスフォンの模擬戦を見て、世界最強クラスを実感してもらったあと……。

魔族にとっては魔王以上の存在、魔族の神ハデスさんから直接注意してもらう。

これならどんな魔族だって考えを改めるだろう。

「酷《ひど》い畳みかけを見た……!!」

傍《はた》から見ていたプラティ（そろそろお腹《なか》が目立ち始める）に戦慄しながら言われた。

「プラティ、それよりもおもてなしの準備を」

「はいはい」

さすがに神様をただ呼びつけるだけでは済まされない。

「ご足労ありがとうございます。たけのこごはんをお召し上がりください」

『うむ』

この神様を満足させるには混ぜごはん系を食わせておけばよい。

農場生活の知恵である。

「納豆もおかけください」

『やめろ天使!?』

さすがに混ぜごはんに納豆をさらに混ぜ込むのは冒険的すぎたので、分けて食べる神だった。

研修に来ていた若手魔族は、もはや全員ショックで失神してしまった。

なのでアットホームな雰囲気の神を見届けること叶《かな》わなかった。

「いや重ね重ね、手間を掛けさせてしまって申し訳ない」

魔王さんが申し訳なさそうに頭を下げる。

「これだけやれば、このバカ者たちも驕《おご》った考えを改めるだろう。やはり聖者殿にお願いすればどんな問題でも解決するな」

「でもちょっと気になることがあったんですけど……?」

この失神して転がっている若い魔族たち十人ほどを見る。

「彼ら、全員が全員傲慢になってる感じじゃなかったですよね?」

少ない割合ではあったが、態度のデカい同僚に冷めた視線を送っている者たちがいた。

その子らも一緒くたに神やら天使やらドラゴンやら不死の王やらの威圧にやられて気を失っておるが。

……。

軽いイジメじゃないかな、これ?

「さすが聖者殿、よく気づかれた」

「じゃあ、皆が皆傲慢じゃないわけか……」

「聖者殿の農場に来られるということは、果てしなく素晴らしいことなのだ」

何ですいきなり？

「ただ世界最強のレベルを実感できるだけではない。様々な価値ある多くのことを学べる。農場を一日体験できただけでもそうでない者に大きな差をつけることができるのだ」

そんな大袈裟《おおげさ》な。

褒めても何も出ませんよ。

あ、魔王さんにもたけのこごはん出してあげて。

「そんな農場に、問題児ばかりを連れていくのも障りがあるように思えてな」

「それで問題のない子も連れてきたと……」

「農場で学べることは多い。むしろ将来期待の持てる若手ほど連れてきたくなってな。傲慢になっている方も、何十人といる中から才気煥発《さいきかんぱつ》なヤツを選び出したのだ」

趣旨がズレてしまったがな、と魔王さん自嘲する。

「驕りを正すための研修だと言ったのに、いつの間にかエリート育成の場になってしまった……！」

「いいんじゃないですかそれで」

ここに来たこの子たちが立派な人格に育って出世すれば、その彼らが下を押さえて『驕る魔族久しからず』みたいな事態を回避してくれるでしょう。

研修は、あと何週間か続ける予定なのだ。

その時間を使って、我が農場の全力を注いで彼らを人格者エリートに育て上げ、世界を正しくリードしてもらおう！

我が農場も、そうして世界に貢献しないとね！

『それならば……』

とハデス神が言い出した。

この神まだいたんだ。

そして俺らの会話を聞いていた？

『足りないものがあるのではないか？』

「足りないもの？」

一体何だろう？

神様の深遠なお考えは人である俺には見通しづらい。

『魔王よ、かつて言ったな？「己が下した敵も、同じ地上の住人として共に治めていきたい」と？』

「はッ!?」

そんなこと言ったっけ？

思い出し中……。

……ああ。

魔王さんが人間国を倒して、それを神様に報告した時のことか？

敵だった人族を根絶やしにすることなく、自族と共に治める民とみなしたのは魔王さんさすがの度量と感服したものだ。

『それなのに、おぬしはここに魔族しか集めなかった。未来のエリート候補を。種族分け隔てなく治めると高説をブチながら……』

結局重要なポストはすべて自族に占めさせる気か？

被支配者となった人族は、ずっとその立場から動けないのか？

さすが神、そこに気づくとは。

『ふふふ、神は目の付け所が違うのだ。……たけのこごはんおかわり』

「はい、どうぞ」

『違うよ納豆じゃねえよ!?』

いい気になった神に掣肘《せいちゅう》を加えるホルコスフォン強い。

ハデス神は文句言いつつも、おかわりの納豆をぢゃくぢゃく混ぜて掻《か》き込む。

一方、魔王さんは頭を抱えて身悶《みもだ》えした。

「神の言う通りだーッ!?」

苦悶《くもん》する仕草を魔王さんがやるとバロック彫刻みたいになる。

「我は……！　人間国も治めて人族をも臣民としたのに……！　責任ある地位に据える者は魔族だと無意識に限定していた……!?　『傲慢になるな』と訓戒しながら、我自身驕っていたのか!?」

『いや、そんな深刻にならんでも……!?　余はちょっと軽い気持ちで……!?』

魔王さんの苦悶ぶりに、神がドン引きしておられる。

『気を落とすな？　大丈夫か？　たけのこごはん食べるか？』

「いえ、ここは是非納豆を」

ここは俺が助け舟を出すしかあるまい。

「じゃあ人族も呼べばいいでしょう」

パンがなければお菓子を食べればいいじゃない的なノリで言う。

「人族の中からも将来有望な子を見繕って、ここで勉強させてあげれば？　つまり留学！」

まだ失神から目覚めない若手魔族たちに目をやる。

「そこにいる子たちと一緒に学ばせてやりましょうよ。一緒に勉強すれば友情も芽生えて、人族魔族の交流になるでしょう？　融和も図れて一石二鳥じゃないですか」

「しかし、これ以上聖者殿に負担を掛けるわけには……!?」

魔王さんが納豆を食べながら言う。

「大丈夫ですよ。世界そのものに貢献するわけだから」

俺も納豆を食べながら言う。

既に我が農場には人魚分校なるものもできて、多くの女子人魚が学んでいる。

最初に人魚、次に魔族も来て、人族だけ呼ばないとなれば仲間外れだろう。

「ここを、三種族すべてが分け隔てなく学べる場所にしようではありませんか！」

農場へ留学。

農場ってそういう場所だっけ？　とも思ったが細かいことはどうでもいい。

ここから人族、魔族、人魚族の三つが交流し、絆《きずな》を深め合ってくれれば世界平和で戦争も起きない。

異世界農場、三種族留学企画のスタートだ!!

「わかった！　では早急に旧人間国の占領府に通達して、未来の幹部候補を募ろう！　そして農場に！」

魔王さんが納豆を食べながら言った。

『ほほほほ……！　種族の融和が加速するの。それでこそ余の守護する地上が益々《ますます》繁栄するというわけじゃ』

ハデス神も納豆を食べながら言った。

「世界平和が一番大事ですもんね！」

俺も納豆を食いながら言った。

皆で納豆を食べながら、世界をよりよくしていこう！

…………。

なんで皆納豆なんだよッ!?

おいこらホルコスフォン!!

サブリミナルに納豆を浸透させるな！

アテナイの生贄

僕の名はリテセウス。

何の変哲もない人族の男。

今年で十七歳です。

特に変哲のない普通の村で、普通の村人の両親の間に生まれ、ごく普通の五兄弟の真ん中三番目に育った。

人間国の田舎村としては、それこそ基本として貧乏で、兄弟全員を食べさせる余裕もない。

一番普通の僕が奉公に出されて、村を出ることになった。

奉公先は、領主様のお屋敷。

紆余《うよ》曲折《きょくせつ》あって御大層なところで働けることになったが、領主様がとてもいい御《お》方《かた》で、僕に目を掛けてくださった。

ここだけが普通とは違う。

領主様の下で一生懸命働き、侍従としてそれなりに成長してきた今。

僕の前に、ついに普通じゃない問題が立ちはだかった。

＊　＊　＊

ある日のことだ。

領主様が真っ青な顔でお帰りになられた。

何かがあったと一目でわかる顔色の悪さ。

本当に何があったんだろう？

本日は、魔族の占領府から呼び出しがあって、それに応じるための外出だったはず。

僕たち人族が、魔族との戦争に負けてはや一年が経《た》つ。

しかし魔族たちは、侵略者とは思えないほどの寛大な支配体制を敷いて、むしろ人王や教団が好き勝手やっていた頃より住みやすいぐらいだった。

人族の民もほとんどが魔族を歓迎している。

旧人間国の領主も変わらない統治を許され、僕的には尊敬する領主様が無事政変を乗り切れてよかったなあと思うぐらいだったが……。

しかし今日、ついに何かが起こった。

「リテセウス……！　水だ。水を持ってきてくれ……！」

御帰宅するなりソファに座り込む領主様。

やはり相当参っている御様子だった。

とりあえず、ご指示の通り水をお出しする。

「落ち着いてお飲みください」

「ブハッ！……もう一杯！」

落ち着いてと言ったのに一気飲みしてお代わり要求。

やはり相当荒れておいでだな。

普段温厚な領主様がこんなに動揺するなんて、一体魔族から何を言われたんだ？

「……ついに牙を剝《む》きおった」

「はい？」

やっと落ち着きを取り戻した領主様。

それでも全身から噴き出す汗を止められずに、忙《せわ》しなく顔を拭いている。

「魔族のヤツら、最初こそ善人ぶって近づいてきながら……！　やはり裏には残忍な本性を隠しておった！　やはり人族を根絶やしにするつもりだ!!」

「領主様落ち着いて……！　一体何があったんですか!?」

僕は、領主様のお気に入り侍従として傍《そば》に仕えさせてもらっている。

よく気が利くので助かるんだとか。

こうしてプライベートな時間に相談を受けたり愚痴を聞くのも僕の仕事だった。

「……差し出せと言ってきた……！」

「差し出す？」

何を？

「人を。若くて才覚のある有能なる者を数多く差し出せと……！」

「？　そんなことをして、どうするんです？」

「わからん！　聞いても詳しく答えてくれんかった！　しかし命令は絶対だと……!!」

拒否すればどんな報復が来るかわからないということか。

実際魔王軍は人間国の占領者なのだから、やろうと思えばどんな報復措置もとることができるだろう。

「人材は国の宝！　それを奪い取って魔族は何をするというのだ!?　まさか生贄《いけにえ》か!?　魔族が飼っている凶悪なモンスターのエサにするとか……!?」

だから落ち着いてください領主様。

たしかに魔族がモンスターを操るという話は聞きますが、僅か一部のものに限定されると言う。しかも下位の人型。

そんなモンスターが、生贄など必要とするとは思えない。

しかし、取って食われることはないにしろ、かつての敵国に渡って、似たり寄ったりな待遇に置かれることもないではない。

魔族が何を目的で人材を求めているのかは知らないが……。

「差し出された当人は、尋常ならざる境遇を覚悟しないといけないでしょう」

そして戦争の敗者である人族は、要求を拒否するなどできない。

「……その通りだ。どうあがこうと我々は従うしかない。要求されたものを、その通りに差し出すしかない。力に溢《あふ》れ、知恵を伴い、才気煥発《さいきかんぱつ》なる若者を……！」

領主様は心配げに呟《つぶや》く。

「なあリテセウスよ……！　我が領でそんな有望の若者と言えば、一人しかいないではないか……!?」

なるほど。

僕には領主様の心配がわかった。

「我が息子サルダケースしかいないのではないか!?」

領主様には息子がいる。

しかもたった一人だけ。

ウチの領主様は温厚でいい人。為政者としても充分に有能だが、ただ一つだけ問題を抱えてらっしゃる。

一人息子のサルダケースだ。

領主様は、息子を溺愛している。

「あの子は出来がいいから、きっと魔族の目に留まってしまうに違いない！　そうなれば息子は遠い魔国へ……！　二度と会えないかも……！　ああああああ……！」

これが取り乱す最大の理由か。

元々子ども好きの方ではある。だから使用人だろうと幼かった僕を可愛《かわい》がってくださったんだし、血の繋《つな》がった実の息子ならなおさら。

僕のことも可愛がってくださった。

今こそ、恩返しの時か……！

「僕が行きます」

自然に言えた。

「魔族が求めるのは、とにかく若者でしょう？　僕も十七歳。とりあえずの条件は満たします。才気については、外見からそう簡単にわかるものじゃないですし、誤魔化せるでしょう」

「しかし、行けば二度と帰れぬやも知れんのだぞ？」

領主様は僕のことまで心配してくれている。

だからこそ、この人のために命を投げ打つ気分になれる。

＊　＊　＊

そして約束の日。

僕は領の代表として旅立つことになった。

他の領からも、それぞれを代表して才気煥発な若者を一人ずつ差し出す決まりらしい。

僕の旅立ちにはそれ相応に見送りが来てくれた。

もっとも大半が、死出の旅路に出る僕を悼む雰囲気だったが……。

数少ない例外があるとすれば……。

「おいリテセウス。ボクの代わりになれて嬉《うれ》しいだろう？」

と言ってくるのは例のサルダケース。

領主様の息子。

たしか僕より一つ違いの年齢だったはず。

「お前は前々から鼻持ちならなくて嫌なヤツだったが、こんな形でボクの役に立ってくれるとはな！　主《あるじ》の身代わりで死んでくれるなんて大した忠義じゃないか。褒めてやる！」

領主様が溺愛して甘やかすせいで、すっかりバカ息子に育ってしまった。

こんなヤツが将来次の領主になるのかと思うと心配で堪《たま》らない。

ある意味、魔族の下に召し出される自分自身の命運より心配。

「父上からは、いずれはお前を側近に置けとか言われてげんなりしていたが。ボクにとってはめでたいな！　僕の命は助かる、目障り者は死ぬ。天神ゼウスは僕の未来を祝福されているらしい!!」

本当にこんなのがこのまま次の領主になったら、この領はどうなってしまうのか？

「皆さん、あとのことはお願いします……！」

「わかっている。御曹子はきっと我々で鍛え直してみせる……！」

侍従仲間にあとを託し、僕は出発した。

いや本当に、これが今生の別れになるかもしれないのに。締まらない別離となってしまった。

一体、僕は魔族の下でどんな扱いを受けるんだろうな？

はい。

引き続き人族のリテセウスです。

売られた仔牛《こうし》のごとく魔族の下へと引き渡された僕。

一体これからどんな運命が待ち受けているのやら？

生贄《いけにえ》となってモンスターの腹の中……、ということはないとは言ったものの、魔族の使う魔法の触媒にされて生命力を搾り取られるなんてことはあるかも。

「だとしたら短い人生だったなあ……」

お世話になった領主様のために命を使えるなら本望か。

要請によって差し出された人族の若者たちは、一旦占領府に集められるらしい。

そこで僕もまず占領府へ出頭した。

占領府はかつて人間国の首都だった街にあり、占領府の府庁は前王城。

「まさかこんな形でお城に上がることになるとは……!?」

まだ人間国健在だった頃は、平民になんか一生縁がない場所だったろうが。

世の中わからないもんだな。

所定の部屋に行くと、そこには僕と同じ年頃の男女が幾人も集まっていた。

僕同様に差し出された生贄……、もとい人材たちだろう。

他の領を代表してきた。

「ワルキナ！」

「リテセウスじゃないか!?　久しぶりー」

その中で見知った顔があったので駆け寄った。

隣の領で、領主侍従をしていたワルキナ。近隣領の交流事で何度も顔合わせした。

「ここにいるってことは、僕と同じ理由か……？」

身代わり。

「そうそう、ウチはお嬢様がちょうどいい年頃だけど、まさか差し出すわけにはいかないじゃん？　だからオレが代わりに」

お互い大変だなあ。

見回すと、集まった若者の中には僕らのような身代わりに交じって、明らかに貴族だろうという身なりの方もいた。

「身代わりを出さずに当人が来たのか」

度胸あるなあ。

「替えが利く次男三男なんだろうけど、やっぱりみずからを犠牲にして民を守ろうって姿勢には心打たれるな。お前んとこのバカ息子とはえらい違いだよ」

　ワルキナ言う。

「なんで言及するところウチなの？　キミの領だって同じような事情じゃん？」

「バカ、ウチはお嬢様だぞ!?　か弱い女性なんだよ！」

　そうして待っているうちに、すべての生贄……もとい人材が集まり終えたようだ。

「私が魔族占領府の総督マルバストスである」

　偉そうな魔族が出てきた。

　偉そうとは言うが、振る舞いが傲岸というのではなく、顔つきや佇《たたず》まいに気品が漂っている感じだ。

　いわば偉ぶっているのではなく、存在自体で『偉いんだろうな』と察せられる？

「まずは一同、控えよ」

　ええ……？

　一番偉いアナタが登場したっていうのに、まだ控えろってどういうこと？

　……と思ったら違った。

　さらに偉い人がまだいた。

「魔王ゼダン様のおなりである」

「!?」

総督が脇に下がり、交代するように僕らの前に現れる巨人。

壁が迫って来たのかと思った。

それぐらいの気迫の大きさだった。

これが魔王!?

魔王って、魔族側の総大将じゃないんですか。

つまりこれより上がないってぐらい上!?

「まずは、皆よく集まってくれた。大儀であった」

魔王、厳かに言う。

何で魔王直々にお出迎え!?

どんな悲惨な展開が来ても動じないように心がまえしてきたが、早速想像を越えてきた!?

「しかし魔王様。あまり感心せぬ顔ぶれですぞ?」

脇から総督が言う。

「身なりでわかります。ここに送られてきた者の多くが使用人の類でしょう。貴族たちが、我らに子女をやるのが惜しくて身代わりとしたのが丸わかりです」

やっべえ、やっぱバレてる?

「よいではないか」

しかし魔王寛大。

「どうせ生贄にでもされると警戒したのだろう。ここにいる者は、そうした危険を受け入れた上で、死を覚悟してきた者たちだ。顔つきが違うであろう」

と僕たちを見渡してくる。

「才気《さいき》煥発《かんぱつ》なだけでなく、我が身を犠牲にしても故郷を守りたいという覚悟を持ち合わせる者。こういう者たちを集めたいがために、わざと招集目的をぼやかしたのだ。おかげで活《い》きのいい若者たちが揃《そろ》った」

そうなんですか!?

じゃあ僕たち、まんまと魔族の思惑にハマってしまったと!?

でも結局僕らを集めてどうする気なんだいい加減教えろ!?

「では、そろそろ理由を語ろうではないか。お前たちをここに集めた理由を……」

魔王は語る。

「お前たちには、留学してもらう!」

「え?」

「これからお前たちにエリート教育を施す。同時に魔国の重要人物ともコネを作ってもらう。そうして充分な能力を身につけた上で、魔国人間国双方のために働いてもらう。そのための留学だ」

ザワザワザワ……。

さすがに皆、無反応ではいられないか。

動揺のざわめきが前後左右から聞こえる。

「魔族のためだけではない。人族のためだけでもない。一つとなった二つの種族がともに繁栄していくために、お前たちに働いてほしいのだ。受けてくれるな？」

ここでまごついても仕方ないので、結局受けることにした。

「では早速留学先に連れていくことにしよう。現場では既に、魔族側のお前たちと同程度の若手が訓練を始めている。ヤツらと共に学び、親交を深めるのも目的だ」

魔王は歩き出し、僕たちの人だかりの中に入った。

ちょうど中心の位置に立つと……。

「マルバストス、ひとまずさらばだ。また改めてゆっくり話をしよう」

「人間国は、このマルバストスが命に代えて安定させますので、ご案じなさいませぬよう」

魔族総督が頭を下げる。

次の瞬間、その総督の姿が消えた。

いや総督だけではない。周囲の王城の壁も天井も。

気づいたら僕らの頭上には開けた空があった。

「着いたぞ」

と魔王が言う。

「ええッ!?　ウソ!?　もう!?」

一瞬も経《た》ってないじゃないですか!?

「もしやこれが魔族の使う転移魔法というヤツか!?」

なんかもの知りそうな人が言った。

「決められた場所へ瞬時に移動できる魔法。……だが、これだけ多くの人数を一度に運べるとは……!?」

そういえば集まっていた十人以上が丸ごとこっちにいるものな。

…………やっぱり魔王って凄《すご》い。

「ここが、お前たちが留学する聖者の農場だ」

と魔王が言った。

「へー、ここが聖者の農場……!?」

聞き覚えのある名に僕は『へぇ』ってなった。

……。

今!

「……えッ!?　聖者の農場!?　ここが!?」

旧人間国でまことしやかな噂《うわさ》に上っているアレ!?

世界のどこかにあるとかないとか言われている幻想郷。

そこを支配する聖者は神をも超える能力を持っていて、その気になれば世界を支配できるというのに、その気がないから世に出てこないという。

人族の一部には、聖者の力を借りれば魔族を一掃して人間国を復活させることができると息巻く者もいる。

そういう者たちは血眼になって聖者の農場を探すが、誰もまだ見つけたことがない。

その聖者の農場に、今！

足を踏み入れました!?

はい、俺なのです。

農場の主《あるじ》の俺なのです。

今日は魔王さんが、人間国から若手さんたちを我が農場に留学させるために連れてきてくれることになっている。

畑仕事などしながら待っていると……。

……来た。

転移ポイントの方からゾロゾロと人の群れが。

「ようこそ、いらっしゃいましたー」

とりあえず鍬《くわ》をその辺に放り投げ、俺みずから歓待する。

「この農場の主です、ここで学んでいってくださいねー」

できるだけフレンドリーに。

しかし魔王さんに引き連れられた人族の若者たちは警戒感丸出しで俺のことを凝視していた。

まさに借りてきた猫状態だった。

「ここの主。それはつまり……!?」

「アナタが聖者様なのですか!?」

と人族の若者から聞かれた。

「うむ?　よくご存じで?」

「そりゃ知っていますよ。旧人間国の間で聖者キダンは大きな噂《うわさ》になっているんですから!」

え?　なんで?

「アナタが大きな力を持っているから!」

何でもあちらの一般的な層に、俺は全知全能の神か何かみたいに認識されているらしい。

かつてヴィールが戦場に突っ込んできた騒動や、バッカスが触れ回ったせいで俺は案外知れ渡っていた。

「一部の者は、アナタが救いをもたらすことで旧人間国が復活できると思っています。アナタが魔王軍を撃退してくれると……!?」

「えー?」

「しかし今日、僕たちをアナタのところへ連れてきたのは魔族の長《おさ》、魔王。一体どういうことなんです?」

人族の若者たちの中で、一際利発そうな子が率先して聞いてくる。

初対面なのになかなかグイグイ来るな。

その行動力に免じて答えようではないか。

「だって俺たち友だちだもんねー」

「ねー」

俺は魔王さんと肩を組んだ。

ザワザワ言いだした。

「聖者と魔王が友だち……!?」

「何このフレンドリー?」

「オッサン同士でこのノリはちょっとイタい……!?」

おい最後言ったの誰だ?

「では、もし旧人間国にいる魔王軍を撃退するように頼まれても……!?」

「撃退なんか、しないしない」

魔王さんとの友情を裏切ることなんかできないし、第一面倒くさい。

俺は生涯ずっとここで農作業していきたいのだ。

「「「「よっしゃあッ!!」」」」

それを聞くと人族の若者たちガッツポーズしだした。

何故《なぜ》?

「そりゃあ、今さら体制ひっくり返されたら困りますからよ!」

「もう王族や教団の滅茶苦茶《めちゃくちゃ》な施政に戻りたくない!!」

「戻ること自体まずありえないんですけど、唯一の可能性が聖者キダン！」

「その聖者が魔王とお友だちで、敵対しない！　これは朗報！」

人間国を取り戻したいのか取り戻したくないのかどっちなんだ？

取り戻したくないのか。

彼らの主張をまとめ直すと……。
・人間国は魔国によって滅ぼされました。
・でも人間国は、無茶苦茶な支配体制してたので、むしろ滅んで嬉《うれ》しい。
・それに比べて魔族の占領軍の方がいい統治をする。
・だから人間国復活しないで。
……とのこと。

しかしどんなことにも少数派はいるわけで、いまだ人間国の復興を願う一部の勢力が、自力ではどうにもならないので最後に縋《すが》る希望。

それがこの俺、聖者キダン。

ということか。

人族も色々あるんだなあ。

「それなら、変に希望持たせないようにスッパリ言っといた方がいいかなあ……？」

たとえば、またヴィール辺りにドラゴン形態で飛んでもらって『聖者キダンは人間国に協力しないぞ!!』と叫び回ってもらう。

そうしたら不確かな希望に縋ることもなくなるだろう。

「それはやめてください！」

人族の若者の一人から言われた。

さっきと同じ利発そうな子だ。

「なんで？」

「いまだに人間国の再興を望み、聖者様を探しているのは、かつての王族や教団の連中です」

だろうね。

かつて支配者の側にいた者たちが返り咲きたいんでしょう？

「昔の栄華を取り戻すためにヤツらは聖者様を探し求めていますが、それが無駄だとわかれば、どんな形で暴走するかわかりません」

なるほど。

諦めの悪いヤツが、俺に縋ることがダメだとわかれば他の手段を模索するは明らか。

それがテロ行為とかだったりしたら、平和に暮らす一般の人族に被害が出かねない。

「ヤツらは聖者様を探し出すなんてできない。だから、ずっと探し続けて時間を無駄にしていた方が皆のためです。だから何も言わないでください……！」

「それ採用」

こんな意見が言えるとは、見た目だけでなく実際利発な子ではないか。

「キミの名は？」

「リテセウスと言います」

リテセウスか。

覚えておこう。

「魔王さん、本当に才覚ありそうな子が入ってきたじゃないですか」

「我も大満足」

さて。

なんだか余談が過ぎてしまったが、そろそろいい加減本筋に戻ろう。

「キミらはこれから我が農場で学んでもらうわけですが……！」

「スゲェ、本当に聖者の農場で学ばせてもらえるんだ。でも何を学ぶの？」

それはこちらも考え中。

だからまずは順当に。

「学友たちを紹介しましょう」

＊　＊　＊

移動した先は、先に農場留学していた若手魔族たちのいるところ。

今は畑で農作業に従事してもらっていた。

「おい、なんで魔族の我々が野良仕事などしなければならないんだ!?」

「食《く》い扶持《ぶち》は自分で拵《こしら》えましょうの巻」

人数が増えたから、その分収穫も増やさないといけないからね。

そもそも傲慢なのが問題になっていた若手魔族たちだが、ヴィールとかだけでなくオークボ、ゴブ吉なども強くて怖いとわかり、逆らわなかった。

「皆さんに紹介したい」

魔族人族、双方に向かって言う。

「今日からここにいる全員、農場に留学する仲間なので仲よくしましょう」

「ふざけるな!!」

と言って嚙《か》みついてきたのは魔族側。

「まさか本当に人族まで呼び込むとは！　下等な敗北種族を！」

歯に衣着せないどころか無礼千万。

魔王軍の支配を受け入れている人族側も、さすがにこの問題発言に刺々《とげとげ》しくなる。

「そこまでだエリンギア」

見かねて魔王さんが止めた。

「そのような的外れな見識では、とても未来の魔王軍を任せることはできんな」

「しかし魔王様……！」

「これからの人族は、共に同じ国を支えていく仲間。将来は人族の中から新たに四天王を選び出してもいいと我は思っている」

「そんな!?」

その発言にむしろ人族側がどよめく。

大胆かつ公正な判断を下す魔王さんに尊敬が集まっている!?

「それだけは許せません……！　四天王の座は、未来永劫《みらいえいごう》魔族のものです！」

魔族の子はメラメラと怨念を燃え上がらせる。

「ならば実際示しましょう！　魔族と人族の、明確な種族としての性能差を!!」

あー。

なんかこのパターン……。

「勝負だ！　そちらの人族の中で一番強いヤツを出せ！　この魔族エリンギアが一息に捻《ひね》り潰してやろう!!」

行き詰まったら勝負する。

この大味かつありがちなパターンに乗っかるのであった。

異種格闘戦

こうして始まりました、農場で学ぶ人族と魔族の代表選。

どっちの種族が上かを決めるための勝負なんですって。

くだらない。

くだらないが。

くだらないことに拘《こだわ》るのが若さなのだろう。

あるからな、若さゆえの過ちが。

……ってその言い方だと、これまで農場にオッサンオバサンしかいなかったみたいじゃないか!?

少なくとも二十代はまだ若者!

三十代も！　ギリ!!

「下等な人族め！　貴様らの分際を骨身に教え込んでやる！」

魔族側の代表はいつものエリンギア。

今なおバリバリに魔族優越主義を貫く硬骨の士。

他の同じような優越主義魔族は、ヴィールとホルコスフォンの超絶バトルを見てすっかり鼻っ柱をへし折られたというのに。

一人だけまだ元気。

対する人族側の代表は……。

「……なんで僕？」

リテセウス。

さっき俺とのやりとりで才気を見せつけたせいだろう。

すっかり注目が集まって押し上げられた。

エリンギアvsリテセウス。

互いの種族のプライドを賭けた戦いが始まる！

「戦いたくないです……！」

リテセウスが半泣きで訴えてきた。

既に心が折れている。

「僕、ここに来るまではただの侍従だったんですよ!?　戦いなんてしたことありませんよ!?」

「大丈夫、キミならできる、ゼッタイ」

根拠のない励ましを言う。

「向こうだって似たようなもんだ。魔王軍と息巻いているけど所詮ド新人で実戦経験ないんだって」

『コラー！　聞こえてるぞー！』と向こうからヤジ。

エリンギアだ。

「大体なんで貴様はそっちにばかり肩入れするのだー!?　不公平だ!　やっぱり人族の味方なのか!?」

「種族関係なしに傍《はた》から見れば誰でもリテセウスくんの味方するでしょう?」

周囲の観戦者が、種族関係なしにウンウン頷《うなず》いた。

「クソッ!　私が孤立無援か!?」

「性格と態度が敵を作り出すんですよ」

二人はそれぞれに剣を模したものを握っている。

竹刀だ。

こんなこともあるかとダンジョン果樹園から取った竹で作っておいた。

「この竹刀で打ち合う勝負だ」

「クックック……、種族的優位性を思い知らせてやる。どんな形の勝負でも魔族が人族に負けることなどないのだ……!!」

エリンギア、舌なめずりしながら相手に向き合う。

まるで獲物を狙う猫みたいだ。

リテセウスは追い詰められたネズミのように震える……。

……かと思いきや。

「…………」

「……？　どうした？」

「キミ可愛《かわい》いね」

「はあッ!?」

そう、これまで言及してこなかったがエリンギアは女の子。

魔族ならではの妖艶な色気が、年齢相応に開花しかけている青い果実だ。

しかし……。

「勝負の場でいきなりナンパしだした!?」

これまで順調に上がっていた周囲からリテセウスへの好感度が、ここで一気に暴落。ストップ安。

「ちッ!?　違いますよ!?　一目見た感想を述べたままで……！」

「リテセウス負けろー、死ねー」

ホームがアウェーに様変わり。

舌禍は本当に恐ろしい。

何より言われた当人は、顔を真っ赤にして……。

「真剣勝負の場でなんと破廉恥な……！　やはり人族は愚かな種族……！　ここで根絶してやる！」

まだ勝負開始とも言ってないのにエリンギアが竹刀で斬りかかってくる。

「斬り殺してやるぁ――――――――――ッ!!」

いや、竹刀で斬殺は無理ですが。

エリンギアの身捌《みさば》きは、いかにも訓練で身についた型通りのものだった。

ド新人の実戦経験不足という見立ては間違っていなかった。

しかし、あの動きを彼女に叩《たた》きこんだのは魔王軍。

今や地上最強の軍隊が蓄積した人殺しのノウハウだけに、それを仕込まれた者はヘタにケンカ慣れするより鋭い。

リテセウスが滅多打ちのボコボコにされる様が誰の脳裏にも浮かんだ。

しかし……!

「え!?」

上段から振り下ろされるエリンギア側の竹刀を、リテセウスの竹刀が受ける。

切っ先三寸の理想的な部分で触れて絡め取る。

思わぬ方向から力を加えられて、エリンギアは手から竹刀を放した。

「えええええッ!?」

そのことに驚いたのも悪かった。

戦闘中に動揺し、隙だらけとなるのは魔王軍の軍人としてはありえないことだ。

おかげで改めて繰り出されるリテセウスの竹刀に何の反応もできなかった。

「勝負あり」

エリンギアの喉元で寸止めされた切っ先を確認して、俺は宣言した。

寸止めはリテセウス側の気遣いだろう。

「おおお――――――ッ!?　勝った――――ッ!?」

「信じられないことに勝った――――ッ!?」

「大番狂わせーッ!?」

周囲も思ってもみない結果に大盛り上がり。

「そんな、私が負けるなんて……!?」

受け入れがたい結果に腰砕けとなったエリンギア。

へなへなと崩れ落ちて女の子座りになる。

「ウソ、勝ったの……!?」

そして勝った当人が一番ビックリしていた。

竹刀をまだ放さずに呆然《ぼうぜん》としている。

そんな彼に俺は歩み寄る。

「よくやったよリテセウスくん。でもなかなかズルい戦法を使うな?」

「え?」

そりゃそうだよ。

戦いなんてしたことない、まったくの素人ですと言いながら。

エリンギアの攻撃を制したあの動きは完全に玄人のものだった。

「つまり相手の油断を誘うためにわざと素人のふりをしたんだろう？」

勝利のためにウソすら平気でつく。

そのダーティなまでの徹底ぶりに痺《しび》れる憧れる。

もしや勝負の直前に『可愛い』呼ばわりしてきたのも、相手の動揺を誘うための挑発だったのでは？

「そんなことないですよ！　僕、本当に素人です！　剣なんか握ったことないです!!」

「え？」

「体が勝手に動いたんですよ！　どういうことなんですか!?　わからな過ぎて怖い!?」

「え？」

「えッ!?」

どういうことだ？

リテセウスは本当にズブの素人？　あんな玄人はだしな動きができたのに？

「じゃあ『可愛い』とかの挑発は……!?」

「あれは本心です」

「チッ」

思わず舌打ちが出た。

何となく始まった我が農場、全種族若手育成事業。

なんかとんでもない逸材を迎えてしまったらしい。

「勘違いするなよッ!!」

そして敗北者エリンギアが涙目でがなりたてていた。

「たった一回勝っただけで自分が上などと思うなよ！　これは偶然だ！　まぐれ当たりだ!!　お前より私が優れていると、これから必ず証明してやるからな!!」

これまたわかりやすい負け惜しみだった。

稀《まれ》に見る才気を溢《あふ》れさせるリテセウスと、これまた一つ一つわかりやすいリアクションをとるエリンギア。

これもまた一つのパターンだなと思った。

異世界一受けたい授業

| Let's buy the land and cultivate in different world |

こうして、魔族人族の若手双方が我が農場に留学して共同生活していくことになった。

集められたのは将来国を背負って立つエリート候補生。

彼らがこの場で交流を持ち、人脈を築き上げるのはいいことだろう。

しかし。

我が農場には、人族魔族だけでなくもう一種族、この世界を構成する重大要素がいる。

人魚族。

その可能性溢れる学生たちの集い、マーメイドウィッチアカデミア農場分校である。

人族、魔族、人魚族の三大種族の若手が一堂に会しているのだから益々凄いぞ！

そんな各種族の若者たちが早速交流を持っていた。

「アンタたちの魔王よりぃー、アタシたちの人魚王族の方が凄いと思うんですけどぉー？」

「なにぃーッ!?」

早速ケンカが起きていた。

見覚えのない顔だが、人魚族と魔族の若者が口論になっている。

「だってぇ、ウチのアロワナ王子は、ドラゴンと天使から挟み撃ちにあって生き残ったんだよぉ？」

そういうことあったらしいなあ。

社会見学と称して、武者修行中のアロワナ王子の下へゾロゾロ転移していった。

そこでアロワナ王子、天使とドラゴンと乱戦してたって土産話に聞いたが、どうしたらそんな状況になる？

というか、どうやって生き残った？

「見縊《みくび》るな！　人魚の王子ごときにできることを、魔王様がお出来にならないはずがない!!」

「えッ？」

ここでタイミングがいいのか悪いのか。

魔王さんがすぐ傍《そば》にいた。

用事も済んだのにさっさと帰らず茶を飲んでいたのが仇《あだ》になった。

「魔王様！　魔王様ならドラゴンも天使も瞬殺できますよね!?」

「う、ううむ……!?」

夢見る子どもみたいに魔王さんへ迫る。

留学した若手魔族の中でも一際若い子で、魔王さんを見る目がひたすら純粋だった。

「うむむむむ……!?」

そんな子に『ふざけんなドラゴンと天使なんか、こっちの方が瞬殺されるわ』と事実をありのままに言うのは『サンタクロースなんていないんだよ』というも同じ。

『お、なんだなんだ戦争か？』

「納豆ですか？」

そして呼んでもないのにドラゴンと天使がやって来た。

足りないものは何もない。

「よ、よかろう！　魔王が最強であることを実際に示してくれるわ!!」

自身子どもが生まれて父性に溢れ返った魔王さんは、期待に抗《あらが》うことができなかった。

結果として、途中から空気を察したホルコスフォンが後方からヴィールを殴って気絶させつつ、自分自身もやられた振りをして何とか丸く収まった。

こんな風な交流がそこかしこで続いている。

＊　＊　＊

「でもさあ、具体的に留学ってどんなことさせたらいいの？」

今さらそんな話である。

各種族の優秀な若者を集めたはいいが、そこからどう進めていいかがわからない。

元々若手魔族を招待したのは、思い上がった子らにより高いレベルの世界を見せつけるため。

その目的はヴィールとホルコスフォンのおかげで既に達成されている。

「これ以上何を教えればいいんだ？」

あと農場でできることといったら畑仕事とか狩りとか。

……国の柱石を担う人材にはもっと他に学ぶべきことがあると思う。

「どうすればいいんだろう？」

腕を組んで考えて……。

結局出た結論は……。

＊　＊　＊

「きーんこーんかーんこーん……」

チャイムは、器具がないので俺が口で言う。

『では授業を始めよう』

先生が言った。

その前には人族、魔族、人魚族の全留学生が机を並べている。

先生って言うとあれだ。

言うまでもないながら言うけどノーライフキングの先生だ。

死者の王にして最強のアンデッド。

世界二大災厄と恐れられる方が教壇に立っておる。

『今日からキミたちの勉強を見てやることになった。聖者様や他の者らが「先生」と呼んでいるので、キミらも倣うがいい。本当の名は忘れた。ワシが生ある存在であったのは遥《はる》か昔のことであるゆえ……』

カチカチカチカチ……。

やたらと煩《うるさ》い。

それは三種族の留学生らが、先生の出す瘴気《しょうき》に恐怖して体を震わせ、歯を鳴らす音であった。

「……う～ん、皆、恐怖で授業どころじゃないな」

思いついた瞬間は名案だと思った。

ウチのメンバーで、ヒトにものを教えるのに打ってつけといえば先生だからだ。

アンデッドで千年以上生きてるし、その分物知り。

しかも死者の王であるだけに魔法のエキスパート。元々の出自である人族の魔法どころか、他の種族の魔法にも通じている。

この最高峰の智者《ちしゃ》たるノーライフキングに教えてもらえば、これ以上ためになる授業はあるまい！

……と思ってセッティングしたんだが。

「まさか先生の前で正気を保つだけでも精一杯だとは……!?」

俺たち自身、もう普通に先生と過ごしているので少しも問題に思わなかった。

むしろ先生の優しいおじいちゃん的雰囲気に心安らぐというのに。

「一般のレベルを考慮しなさすぎよ。旦那様は自分のハイレベルぶりも自覚していないんだから」

お腹《なか》が大きいプラティから非難がましく言われた。

「ノーライフキングって本来は最上級のアンデッド。自然放出される瘴気も桁違いなのよ。大抵の冒険者は、当てられただけで精神ダメージを負って戦うことなく敗北するっていうのに……!?」

「ここの住人は皆平気じゃない？」

「ここの子たちは平均値が高いのよ！」

農場と一般のレベル差を考慮しなかったのが敗因というわけか。

「いやでもッ！　前に人魚の子たちに授業したことあったじゃん!?」

「あの時も失神者続出だったわよ！」

マジか!?

気づかなかった……！

てっきり授業を静かに聞いていたものとばかり……！

『気にしないでください聖者様』

その先生が、既に教壇から降りていた。

『仕方のないことです。この死なぬ身体《からだ》になった時から、俗世との繋《つな》がりが断たれることはわかりきっていたことなのです』

「先生……」

『聖者様始め、ここにいる者たちが皆温かいので現実を忘れてしまったようです………』

そう言う先生は、とても寂しそうだった。

あー。

ちょっと待ってください先生……。

「ちょっと待ってください先生!!」

俺が口に出して言うより早く、他の誰かが口走った。

「僕たちは大丈夫です！　授業を続けてください！」

それはリテセウスくんであった。

またアイツか。

「すみません！　ヤワな僕たちで！　でもすぐに慣れてみせます！　これも修行の一環だと思って!!」

いや。

リテセウスくんは留学生たちの中でもかなりマシな方だと思う。

先生の瘴気を浴びながらまともに会話できているんだから。

他の子は歯をガチガチ鳴らして、まともに喋《しゃべ》れそうにもない。

「先生は物知りなんでしょう？　是非先生の授業を受けたいです!!　だから諦めないでください!!」

『おお……！』

先生、感動しているのかちょっと震えてる。

そして、先生の瘴気で身動き取れない他留学生からは『余計なこと言うなアホ』という無言の圧力が発せられた。

＊　　＊　　＊

それから数日後。

「先生！　おはようございます！」

「今日も授業よろしくお願いします！」

「ちゃんと宿題してきましたよ先生!!」

全員見事に慣れた。

マジかよ。

随分トントン拍子だが、元々才能あるヤツを選《え》りすぐったのだから成長も速いか。

プラティが薬使ったりして援助したようだが。

『おお、おお……！　皆、よく頑張ったな……！』

そして先生は感動していた。

よほど嬉《うれ》しいのだろう。ここまでして自分の授業を受けようとしてくれるのが。

『よかろう、皆の頑張りに応えてワシも最高の授業をしよう。……では今日教えるのは、ワシが考えたとっておきのオリジナル禁呪を……！』

やめれ。

そもそも先生は、ヒトに教えることがとても好きらしい。

以前俺や魔王さんに授業することもあったが、その時も嬉々《きき》としていたし。

そんな先生にとって、今の状況は実に喜ばしい。

教え甲斐《がい》のある才能豊かな若者がたくさん教えを乞いに来ているのだから。

天国であるに違いない。

アンデッドにとって天国が望ましい場所かは別として。

『何も考えずに、感じたことにのみ反応しなさい。目を閉じて、耳や鼻など他の感覚を研ぎ澄ますことがあるだろう？　あれと同じように、すべての感覚を一旦切って、別の感覚を意識するのだ。肉体に備わらない、精神の感覚を……！』

先生のアドバイスに従うだけで、魔法な苦手な子が簡単に魔法を修得できたりした。

先生マジよい先生。

『人族の法術魔法は、教団に属する神官しか使えない。皆そう思っているだろうが、実はそうではない。教団が使用法を隠匿しているだけだ。独占したいがために。ワシが使い方を教えよう』

本当に……。

『法術魔法は自然マナを枯渇させる邪法と見られておるが、要は使いようだ。いかなる力も使い方によって正にも邪にもなる。正しい見識によって振るえば、天神の邪法も理不尽を砕く護法になりえる』

……上手《うま》く教えすぎじゃないですかね？

これ先生の教えを受けた子が、それだけで世界トップクラスになったりしない？

『教えるのが楽しくてついついやりすぎてしまいます』

「やりすぎないで、くれぐれも」

授業が一段落した先生、こっち来て話す。

『こんなに生き生きとしたのは何百年ぶりか……。聖者様が来られてから本当に日々に彩が出ましたなあ』

俺がここで農場を作る以前、先生は暗いダンジョンの奥底でずっと一人で過ごしてきた。

それこそ何百年も。

魂を蝕《むしば》むほどの孤独に耐えるのは、アンデッドといえども容易なことではない。

『今思い返せば、なんと色褪《いろあ》せた日々だったのでしょうな。毎日が目まぐるしく変わっていく今とは比べ物になりませぬ』

先生が楽しそうで何よりです。

まあ本来メインは先生でなくて、先生が教えている若手なのですがね。

未来を担う人材になってくれたらいいと始めてみた留学企画だが、先生が張り切りすぎて想定以上の英傑が育ちつつある。

でも、一際異彩を放っているのが……。

「見てください先生！　新しい魔法マスターしました！」

リテセウスくん。

今の、先生から教えてもらったばかりの法術魔法をもうマスターしてやがる。

「……才能溢《あふ》れすぎてやしませんかね彼？」

『そうですな』

リテセウスくんは、ここに来るまでは領主の家で侍従をやっていたそうだが、そうとは思えないぐらい才覚豊かだ。

やって来たその日にエリンギアとの試合に勝利したことといい、やることいちいち機転が利くことといい『お前が主人公か？』と思うぐらい。

ただ当人は何の変哲もない田舎村の生まれで、これといった血統のよさはないらしい。

正真正銘の突然変異的天才か？　と思っていたら。

『……彼は恐らく勇者ですのう』

と先生。

「勇者？」

勇者ってたしか、この世界では異世界から召喚された人のことを言うんでは？

そういう意味では俺だって勇者だ。

……。

もしや！

「あのリテセウスくんも、赤ん坊の頃とかに異世界召喚されて記憶がないまま成長したとか!?　そんなドラマティックな裏事情が!?」

『いや、そうではありません』

違うのかよ!?

『どこから話すべきか……。この世界には、千年以上前、もっと別の種類の勇者が存在していたのです』

「別の種類？」

異世界召喚された勇者とは別の？

『かつて神々は、好きなように下界に降り立ち、人類の異性と愛し合いました。そうして生まれた子どもは、人類と神のハーフとなりました』

何ですいきなり？

でもその話は前に聞いたことがあるような？

『そうした存在は半神と呼ばれ、当然ながら人知を超える力を持ちました。いずれも英雄であったそうです。神々の浮気は留《とど》まることを知らず、半神は巷《ちまた》に溢れかえるほどに数を増やしていったそうです』

神って本当クズだわ。

『ついには世界のバランスを崩しかねないと言うことで、半神は皆、各自の親神が属する神界へ迎え入れられました。以降、神は取り決めにより、気軽に下界に降りて、人類と交わることができなくなったそうです』

「何故《なぜ》今そんな話を？」

『まあ今少し。……神の子もまた大人になれば結婚して子を生《な》します。神の子は神界へと去りましたが、その神の子から生まれた神の孫、曽孫《ひまご》などの存在は神の血も薄まったがゆえに神界へ迎えられることなく、地上に残りました』

ほうほう？

『しかし神の血統が僅かでも交じっていれば、常人より遥《はる》かに強い力を持ちます。そうした存在は才能を開花し、戦場でも功著しい英雄となったそうです。そういう者を指して、……勇者と』

呼ばれたんだそうな。

「じゃあ、昔と今では勇者の定義が違うってことですか？」

『そうですな。世代が下るごとに血は薄まるもの。神の血統を受け継ぐ者も、代を経るごとに薄れ弱まっていったそうです。そしてついには消滅した』

その代わりに求められたのが、召喚する異世界勇者ってことか。

『異世界から呼び出される勇者は、神の血統を受け継ぐ勇者の代用として始まった。それゆえ同じ勇者の名が冠されておるのでしょう。区別するために最初の神の血統による勇者を、旧勇者とでも呼びますかの』

旧勇者……。

『そしてリテセウスは旧勇者です』

「は!?」

ここで、そう話が繋《つな》がってくるの!?

でもちょっと待っておくんなさい。先生の話をまとめると、今の時代に旧勇者は存在しないはずでしょう!?

勇者の原因となる神の血は、長い時間の流れで薄まりまくって無意味になっているはずでしょう!?

『先祖返りで血が濃くなることもあります。リテセウスは、そういう経緯で類まれなる才能を持って生まれたのでしょう』

「根拠は?」

『聖者様も、覚えがありませんかな? 彼から発せられる神々しさの色合いに……』

ん?

そういえばリテセウスくんから放たれる気のようなもの。

修行すればするほど濃く明確になっていくが、そうなるほどに俺の記憶をざわめかせる。

どこかで感じたことがあるような……。

……既視感？

「聖者よ、また新しい酒の開発したいんだけど。スピリタスっていう……」

そこに現れた半神バッカス。

コイツだ。

どこかで覚えがあったのは、コイツの放つ神気と似ていたからだ。

そういえば半神云々《うんぬん》の話を聞いたのもコイツが登場した時。

『半神バッカスと似通った気を放つことこそリテセウスが先祖返りした旧勇者である証《あかし》でしょう』

「んー？」

途中参加で話のわかっていなさそうなバッカスが、リテセウスくんにテクテク歩み寄って……。

「親戚？」

「なんです!?」

そりゃリテセウスくんビックリするわな。

伝説に片足突っ込む存在から親戚呼ばわりされれば。

『我が生徒の中では、やはりリテセウスがとりわけ有望ですのう。大切に育てていかねば……』

既に世界の命運を左右しそうな逸材で怖いもんね。

リテセウス。

彼が新たな時代の旗手たり得るのか？

「認めません!!」

うおおッ!?

ビックリした!?

誰かと思えばエリンギア!?

今の話聞かれていたか!?

「ヤツが……！　ヤツがそんな大層な存在だったなんて……！　我ら魔族の優位性が崩される……、どころじゃない！　ヘタをしたら反乱の種火に!?」

ただでさえ魔族優越意識を捨てようとしない彼女。

その彼女から見てリテセウスくんの存在は許しがたいもの。

「ヤツだけは亡き者にしておかねば！　魔族の未来がない!!　私がこの手で魔族の栄光を切り開く!!」

絶対めんどくさいことになりそうだった。

リテセウスとエリンギア。

この二人をもっと仲良くさせんといかん。

いや、現状は一方が一方を一方的に嫌ってるんだけど。

エリンギアはプライド高いからなあ。

自分の種族が最高だと信じて疑わない。そんな彼女にとって才能の塊であるリテセウスが許せないのだ。

今はまだ小康状態だが、いずれ憎しみは臨界点を越えて暴発することだろう。

さすれば全種族の若手を交流育成する今回の企画も間違いなく破綻する。

何とか手を打たねば……。

「どうすればいいかなあ？」

身近にいる妻プラティに相談してみる。

彼女も二人の険悪さを憂いていたらしく、既に用意してあった案を挙げてくれた。

「勝負させてみるっていうのは？」

『タイマンはったらダチぜよ』の法則か。

プラティは時おり脳筋なところが出る。

「でもそれ初日にやったからなあ……」

「そうねえ……」

それでまったく仲よくなれていない。

「逆に、敵としてじゃなく双方味方として戦わせてみるってのは？」

「双方味方？」

二人に同じ困難を与え、協力して乗り越えさせる。その協力によって友情が芽生える。

バディの法則か。

それはまだ試してないので、やってみる価値あるかも。

「採用だ！　じゃあ、どんなミッションを与えればいいだろう？」

「順当なところで言えば、ダンジョンに放り込むとか？」

「普通に脱出を目指すのでもいいし、何かしらクエストを設定するのもいいな。難易度が上がれば上がるほど、絆《きずな》も深まるだろうし！」

個人の感想です。

「よし、では早速二人をダンジョンに放り込もう！　先生のダンジョンにするかヴィールのダンジョンにするか、どっちにしようかな!?」

そのためにはまず二人を探さなければ。

何処《どこ》にいるかなアイツら!?

そう思って飛び出した矢先に『きゃあああああっ!?』と悲鳴が聞こえた。

絹裂く乙女の悲鳴だ。

「むむッ!?　何事だッ!?」

悲鳴のした方に行ってみると、そこになんと探しているリテセウスとエリンギアがいた。

二人一緒に。

何をしているのか?

もしやエリンギアがもうリテセウス抹殺計画を実行に移したのか!?

と思ったら……。

エリンギアは、押し倒したリテセウスの上に覆いかぶさるようにして……。

その唇を奪っていた。

「むぐうううううッ!?」

リテセウスが苦しげに呻《うめ》く。

そしてプハッと唇が離れたら……。

「せッ、聖者様!　助け、助けて……!　むぐううううッ!?」

またキスされた。

もしやさっきの乙女のような悲鳴を上げたのはコイツか!?

「むぐうううッ！　むぐうううううッ!!」

唸《うな》り声《ごえ》で助けを求められても。

えーと。

リテセウスがエリンギアに襲われている。

その可能性は元から危惧していたものの、実際に起きたこの事態は、想定していた襲われとは若干異なっていた。

まさか性的に襲われていようとは。

しかも、この場合、被害と加害がスタンダードとは逆じゃない？

女子が男子を襲っている。

いや、最近じゃ特におかしくもないのか？

……とにかく、このままにはしておけまい。

「……おい」

「むはあッ♡♡　はぐ♡♡　おほふ♡♡　もぶぶぶぶぶ……♡♡」

「おいってば！　エリンギアッ!!」

「はッ!?」

大声で呼びかけて、やっとこっちに戻ってきたエリンギア。

今までは違う世界に没入していた。

「えッ!?　何ッ!?　聖者様!?　何故《なぜ》こんなところに!?」

「こっちのセリフだ!!」

白昼堂々何をやっておるか!?

農場の風紀を乱すのはご法度だぞ!?

「違うのです!　これは!　リテセウスを襲っていたのです!」

「何も違わないじゃねーか」

「そうではなく、この生意気な人族を亡き者にしようと命を狙ったのです!　そういう意味で襲ったのです!」

益々《ますます》ダメだけど。

「それでどうして、こんな桃色っぽくなった？」

「乙女にそんなことを聞くんですか!?　聖者様は破廉恥ですね！」

酷《ひど》い理不尽を見た。

「と、とにかく貴様！」

「はい!?」

エリンギアのよくわからない激情の矛先がリテセウスに向いた。

「私を辱めた以上は、責任を取る気はあるんだろうな!?」

「むしろ僕が辱められた気が!?」

「細かいことはどうでもいい!!」

こんな理不尽がまかり通るのを、俺は今まで見たことがない。

「こうなったら貴様、私のことをしっかり娶《めと》ってもらうからな!……人族の英雄に私が手綱をつけるのだ!」

こうして。

何かよくわからんうちにリテセウスとエリンギアは付き合いだした。

＊　＊　＊

「ダーリン、私のこと好き?」

「あ、あの……!?」

「好き?」

「好きです……!!」

「私も好きー」

そして人目も憚《はばか》らずイチャつき出した。

さすがに周囲の多くの者たちも、異様な光景に息を呑《の》んだ。

「あの魔族女……!!　リテセウスが大嫌いじゃなかったのかよ……!?」

「甘いわね、あれがツンデレってヤツよ」

「あれが!?」

「しかし、あそこまで大胆にツンからデレを裏返すとはもはや力技……！　あなどれない女だ……！」

一緒に勉強する若手たちも息を呑んだ。

これに対するエリンギアの釈明。

「甘いな。これが巧妙に時勢を見抜いた私の策だとわからんのか？」

何が？

「リテセウスは、人族最高の英雄だ。それを取り込むために女の武器まで用いた私の覚悟に感じ入るがいい。これでリテセウスは、私を愛するがために魔族と敵対できず、英雄を夫にした私の価値も魔王軍で上がる！」

「夫!?」

知らないうちに話が進んでリテセウスは驚愕《きょうがく》する。

もはや逃げ場がない。

「ねえねえダーリン、子どもは何人ぐらい欲しい？」

「気が早いんでは？」

「私は二十人ぐらい生みたいな」

「多い!?」

うーん。

まあ、リテセウスくんも才気《さいき》煥発《かんぱつ》過ぎるところがあるから、エリンギアみたいな問題のある奥さんを抱えることで差し引きゼロの穏当な人生になりそうだな。

リテセウスくんとエリンギアが付き合いだしたことにより、留学生たちの交流も一段と安定化したように思える。

一番目立つ問題でもあったからな、あの二人の対立は。

要は軌道に乗ったということで一安心し、久々に別の作業を始めてみることにした。

農場の本来の作業と言えば、農作物を育てること。

そろそろ本分に立ち返ってみますか。

実は前々から『作りたいなあ』と思っていた作物がある。

それは……！

「キノコだ!!」

食材としては一ジャンルを築き上げて、むしろこれまで『どうして手つかずだったの？』って言われかねないぐらいだけど。

これはもう順番としか言いようがない。

あのシャクシャクとした独特の食感は、ヒトによって嫌われるが俺自身は大好き。是非とも料理のレパートリーに加えたい。

勿論《もちろん》この世界にもキノコはあって、森に入ったらフツーに自生しているが、それらは採って食べたことがない。

やはり毒が怖いからだ。

前いた世界では、素人が採取したキノコ食べて中毒なんてニュースをよく見たし。

恐怖が充分に刷り込まれたので、俺自身こちらの世界でキノコを見かけても採らなかったし、続々加わる農場の仲間にもキノコは採るなと厳命してきた。

何しろ異世界のキノコだから、前の世界の知識とか一切通用しないもの。

どれに毒があって、どれに毒がないかとか全然わからん。

まさか実際食してみて『死んだら有毒』とトライ&エラーを積み重ねていくわけにもいかんし。

それでも、かの森マスター、エルフたちが加入した時は期待したんだがな。

森を住《す》み処《か》とし、自然を利用する知恵を積み重ねてきた彼女たちなら、毒キノコぐらい一目で見分けると思ったんだが……。

「キノコ嫌い！　キノコ嫌い！　キノコ食べるなんて信じられない!?」

と。

「傘の裏のヒダヒダが気持ち悪い！」「胞子が付く！　手に胞子の粉が！」「ヌメヌメする！」「臭い！」　と散々。

エルフはキノコに詳しいどころか、種族としてキノコ自体が嫌いだった。

おそらく過去、毒キノコに当たった祖先の記憶からキノコそのものを避ける方向で本能が根付いたのかな。

というわけで結局、これまでキノコは我が農場に接しなかった。

今回ついに接しようとするわけだ。

採取したキノコには毒がある。

かもしれない。

毒の問題を解決するには、自分で育てるのがいいだろう。

毒がないこと確定しているキノコを。

「そんなんどうやって見分けるんだよ？」という声が上がりそうだが、そういう時こそまさに『至高の担い手』の出番。

なんか偉く久しぶりな気もするが。

土を触っただけで色々な野菜作物を芽吹かせることができるように。

シイタケ、シメジ、エノキ、ナメコ。

前の世界で食べられていた人気のキノコを栽培してご覧に入れよう。

＊　＊　＊

では実際にキノコの栽培にチャレンジしてみよう。

やり方はテレビか何かで見たことがある。

キノコは木から生やすんだろう、たしか。

木を伐《き》り出し、適当な長さの丸太に調整して、そこにキノコの種というべき菌を植え付ける。

前の世界で見た説明だと、ドリルで木に穴を空けて、そこに菌入りの木の釘《くぎ》みたいなものを打ち込むらしい。

そこからキノコが生えてくる。

その方式に倣おうと思う。

それらの過程は地味だから中略。

できた。

あとは湿気や気温に注意しながらキノコが生えるのを待つばかり。

他の作物だと、プラティの作ってくれるハイパー魚肥のおかげで速攻育つんだけど、さすがに原木の中にまでハイパー魚肥は浸透しない。

ここは普通に時間かけて育つのを待つか。

時には気長にかまえることも肝要だ。

菌を植え付けた原木をよさげな場所に置いて、しばらく時間の経過に任せる。

生えるのはいつぐらいかな？　来年かな？

珍しくちゃんと農業している感覚にワクワクしていると……。

＊　＊　＊

数日後。

キノコが生えてきた。

「たった数日で!?」

早すぎる。

ハイパー魚肥の使えない今回、自然のままに育成されるのを待つしかないはずが、こんなに早く結果が出るなんて異常過ぎる。

また俺の知らないうちに異世界的な作用が発揮されたとでも!?

どう思う!?　この結果を見て!?

よくよく生えてきたキノコを観察してみると、わかった。

「これやっぱ異世界的な異常だわ」

大きい。

生えてきたキノコが物凄《ものすご》く大きい。

俺の身長と同じくらいの大きさのキノコだった。

巨大キノコ。
これが異世界ファンタジーと無関係であるわけがない!!
「何故《なぜ》こんなものが生えた……!?」
俺は『至高の担い手』で原木に、たしかに普通のキノコの菌を植え付けたはずだ。
最初はスタンダードにシイタケにしてみた。
しかしたった数日で生えてきた巨大キノコは断じてシイタケではない!!
どうしよう!!
いっそ基礎の原木ごと燃やしてしまおうか!?
『ちょっと待ってください……』
!?
なんだ!? 今の声は!?
何処《どこ》からともなく声が聞こえてきた!?
聞き覚えがないぞ!
女性っぽい清涼で甘い声だ!
続いて目の前で起きる異変。
巨大キノコの軸の部分から、何か浮かんできた。
これは……、目!?

『やあ』

「お前か喋《しゃべ》ってたのはッ!?」

俺は迷わず巨大キノコにグーパン叩《たた》きこんだ。

『ぐえほぅッ!?　げふ、やめてやめて！　衝撃を与えないで胞子が飛び散る！　ちゃんと天気のいい日に飛ばしたいの！』

もう確定。

これはシイタケではない。

異世界由来のファンタジーキノコだ!!

「お前何者だ？　何処から湧いて出た？」

『わかりきったことを聞かれますなあ。アナタが用意してくださった原木から湧いて出たに決まっているじゃないですか』

そう言われればその通りだが……!?

『そしてそれ以前は、微小な胞子として空気中を漂っておりました。この世界あまねくすべての場所に私は存在しているのです』

「やめろ！　呼吸するのにいちいち躊躇《ちゅうちょ》するようなこと言うのやめろ!!」

空気清浄機が欲しくなってくるじゃないか！

『こうして再び目に見える大きさにまで生まれ変わることができたのも、聖者様が依《よ》り代《しろ》を用意してくださったおかげ。本当に感謝しております』

「依り代って、お前が生えてきた原木のことか？」

お前のために用意したんじゃないのだがな。

本来生えてくるはずだったシイタケは、この巨大キノコという侵略者によって菌糸の段階で駆逐されてしまったのだろうか？

だとしたら楽しみがダメにされてしまって、俺は少々不機嫌になっているぞ？

「それで、お前は一体何なんだよ？」

会話可能ということなので改めて問いただしてみた。

コイツが何者なのかはっきりしてから焼却処分しよう。

『これはつれない。アナタとは以前お会いしたではありませんか？』

「喋るキノコの知り合いはいないぞ？」

『当時はまだ会話機能を獲得しておりませんでしたから。しかし私はアナタとたしかに出会ったのです。あの紅葉舞い散る山上で』

不死身の菌糸類

Let's buy the land and cultivate in different world

「うん？　う〜ん？」

『思い出しませんか？　私はあの竜が支配する迷宮で生まれました』

「それってヴィールの山ダンジョン？　あそこで生まれたモンスターか？」

『そこで私は、アナタたちに戦って敗れました。あの恐ろしい狼とオークたちに……！』

「あー！」

何か思い出してきた。

あれかなあ？　以前ヴィールがダンジョンを改造したって言って、その出来栄えを見るために皆で攻略したことがあった。

改造ダンジョンは春夏秋冬のエリアに分かれていて、それぞれに特色あるモンスターが襲い掛かってきたと記憶している。

「その中にキノコ型モンスターがいたような…！？」

たしか秋エリアに。

「お前あの時のキノコか！？」

『ようやく思い出してくださいましたか。そうです。そして我が名は……』

……溜《た》めて……。

『マタンＧＯ！』

「どうでもいいわ」

随分前のことだからすっかり忘れていた。

何故《なぜ》今さらになって出てきた？

『ずっといましたよ？』

「ええ……？」

『アナタ、私の体をここへ持ち帰ったではないですか』

そうな。

山ダンジョン秋エリアで倒したキノコモンスターの死骸を、一応食えるんじゃないかと持ち帰って吟味したことがある。

しかし、不味《まず》そうだわ健康に悪そうだわと言って結局利用不可とし、廃棄処分になった。

『しかし私は滅んではいませんでした。私は、この基本体を構成する菌糸一つ一つが私なのです。アナタ方が持ち帰った前の体から零《こぼ》れる胞子が空気中を舞い、私はずっと存在し続けていたのです』

「山ダンジョン攻略後からずっと!?」

今すぐ家中消毒したくなってきたぞ!!

『あ、ご心配なく。人体に害はありませんので』

「本当かよ……？」

『それに私の目的は別にありますから』

「目的？　なんだよ？」

今さら現れたのと何か関係あるのか？

『私は、屈辱を受けました……！』

「ん？」

『アナタたちは私を審査し、何の役にも立たないと烙印《らくいん》を押しました。犬や亀どもはそれなりに役に立ったのに、私だけ不合格。とても悔しい！』

だって食材にもならなそうだし、道具に加工もできそうにないだろ？

亀の甲羅なんかは盾にして、それなりに役に立ったけど、そのキノコの体をどう活かせってんだよ？

『なので私は機会を待ちました！　胞子として空気中を漂っている間、何度も分裂を繰り返し、進化していったのです!!』

キノコってそういう生き物だっけ？

いいや、ファンタジーの出来事と割り切ろう。

『今こうして会話できているのも、進化によって獲得した機能！　今度こそ私は、アナタのお役に立ってみせましょう！』

「何故そこまで献身的なの……？」

巨大キノコは情熱的に奮い立っていた。

片や俺は、楽しみにしていたシイタケ栽培がオジャンになって限りなくテンションが低い。

巨大キノコの言い分も流されるままに聞いているだけで、今からでも気を取り直して焼却処分してしまおうかと思わないでもない。

が、もう少し付き合ってみるか。

「それで？　何ができるようになったの？」

進化したんでしょう？

話ができるようになった以外にも新能力あるの？

『よくぞ聞いてくださった！　これをご覧ください!!』

巨大キノコは急に力を込めだした。

『うぬぬぬぬぬぬぬぬぬ……！』

何やら踏ん張っているような？

すると、巨大キノコの踏ん張りに呼応するかのように変化が。

ヤツの土台となっている、キノコの苗床用の原木。そのそこかしこから白いものが生えだし、茶色い傘が開いて、キノコの形となった。

「これは!?」

この形、この傘の色。

キノコはキノコでも、間違いなくシイタケ！

原木から巨大キノコとは別に、多数のキノコが生えている!?

『これがアナタのお求めキノコですな？』

「はいそうです！」

でも何故!?

てっきり原木内で巨大キノコとの生存競争に負けて淘汰《とうた》されたと思ったのに!?

『アナタが植え付けた菌糸は滅んでいません。私と融合したのです』

「融合!?」

『そして融合した菌糸の形を私は記憶し、いつでも再現することができるのです。そして生えたのがこのシイタケ！』

これがマジなら凄《すご》いこっちゃ。

今シイタケが生えてきた速度は、自然のものとは比べ物にならない。

早送り映像を見ているかのようだった。

これだけの速度でシイタケを生産してくれるなら凄く助かるんだが……!?

「…………」

『さあ、一本味見してみてください！　味もしっかり再現していますので！』

執拗《しつよう》に推してくる巨大キノコに、俺は勧められるがままシイタケを一本引き抜いてみる。

原木から。

傘の黒々としたシイタケはたしかに美味《うま》そうだが……。

「……」

俺は空を見上げた。

いい天気だった。空の青が目に染みる。

そんな青空にかかる一点の黒。

カラスだ。

日頃から農作物を掠《かす》め取っていく憎たらしい害鳥。

「おーい、カラスおいでー」

と俺はシイタケを掲げた。

「ここにエサがあるぞー。毒あるかもだけど」

『聖者様あああああッ!?』

毒見役のカラスは、美味そうにシイタケをガッついて元気に飛び去っていった。

「……少なくとも速効性ではないか」

『毒なんて入ってませんよ！　アナタのために進化したんだから信用してくださいいいいいッ!?』

巨大キノコから泣かれた。

でもこれ、お前の体の一部なんだろう元々？

ちょっと食うのに勇気がいるというか……！

そもそも野生キノコの毒が怖いから栽培に踏み切ったというのに、その栽培キノコでも当たるのを心配してたら世話ないじゃないか。

『お願いします！　お願いします！』

巨大キノコがあまりにも切実に頼んでくるので断ったら鬼畜みたいな雰囲気になってきた。

俺は圧力に屈した。

「まあ、火を通せばヤツの細胞も死ぬか」

まず水で洗って……。

超スピードで生えたのを即座に毟《むし》ったんだから虫の心配はしなくていいか。

その辺で火を焚《た》き、串に挿したシイタケを丸ごと焼いてみる。

じっくり焼く。

執拗に焼く。

シイタケを構成しているヤツの細胞がすべて焼死し、ただの食い物に変わるまで。

『あの……、焼きすぎじゃないですか？　黒焦げになってますよ？』

「もう少し……」

念には念を入れる。

よし、真っ黒焦げだ。

これなら完全にすべての細胞が死に絶えているだろう。

いただきます。

「あむッ……」

表面は焦げてジャリッとしたが、中身はどうして……。

「あつあつ……ッ!?」

シャクシャクした食感。

これはまさにシイタケだ！

傘の裏にほんのちょっと醬油《しょうゆ》を垂らして……。

「これは美味い！」

『やったー！　ついにこれまでの苦労が報われたーッ!!』

俺はシイタケを食べられたことに。

巨大キノコはシイタケを食べてもらったことに。

それぞれ同じぐらい喜びを表した。

だんだん巨大キノコと意気投合していく。

いや、固有名称はマタンGOだっけ？

「つまりお前は、一度融合した菌糸なら何でも再現できるんだな？」

『しかも超スピードです！　お任せください！』

試しに俺は『至高の担い手』で色んな種類のキノコが生えてくるように原木へ念じてみた。

『ほおおおおッ！　来ましたよおおおおおッ!!』

そして実際にキノコが生える前からマタンGOは感じ取ったらしい。

原木の内部に広がる様々な菌糸の存在を。

ヤツはそれを取り込んで記憶し……。

色々原木から生やしてきた。

ブナシメジ、エリンギ、マイタケ、ナメコ、ムキタケ、エノキダケ。マツタケ。

……え!?

マツタケまで!?

色々ジャンジャン生えてくる。

「おおおおおッ!? 採取しても採取しても次から次へと生えてくるぞおおおおおッ!? 無限キノコ収穫じゃあああああッ!!」

『どんどんキノコを生み出しますぞおおおおおッ!!』

キノコ祭り開催。

よく考えたらこんなに多種多様でたくさんのキノコ一度に食いきれねえよ。

「どうするかなこんな大量に……?」

シイタケは干しとけばいいとして。

他の種類のキノコは今日中に食い切らなきゃか?

「……皆に食わせるか」

＊　＊　＊

「キノコ料理って何があるかな……?」

案外キノコを食材にして『これだ!』ってなる調理法がないよな。

キノコなくして完成しない、っていうことはないけど、何かの料理に加えたら絶対嬉《うれ》しい。

それがキノコ。

無難なところで汁物か天ぷらにでもするか。

汁は何ぶち込んでも様になるし、天ぷらこそ何揚げても美味《おい》しくなる料理法さ。

あとは炒《いた》めたり鍋にしたり。

……キノコオンリーの炒め物とか鍋とかある意味豪快だな。

「「参上」」

案の定、調理してるだけでプラティとヴィールがやって来た。

「旦那様、ごはん時でないのに料理してる？」

「知っているぞ！　こういう時はご主人様が新しい食い物を創り出す時だ！　新たな感動に出会える時だ!!」

俺も知っている、キミたちが呼ばんでも現れることを。

既に完成品が並べてあるんで試食してみなさい。

マイタケやブナシメジの天ぷらがあるぞ。

「えー？　また天ぷらか？　目新しさがないぞ？」

「こないだ作ったばっかりなのにねえ」

と言いつつも天ぷら自体は美味しいとわかっている連中なので、割と迷わず口に入れる。

「なんだこの歯応えはあああああッ!?」

「肉!?　野菜!?　そのどちらでもない食感よ!?　シャクシャクして……、一体何なの!?」

コイツらも大概リアクションいいよなあ。

もはや食レポ任せていいレベル。

そしてコイツらの賑《にぎ》やかしに誘われてオークボたち他の連中も集まってくるパターン。

「お、何です何です？」

「奥方様たちの騒ぐところ、聖者様の新作料理あり」

「汁物、天ぷら、炒め物。見たことのあるような料理ばかりですが……！」

「新しいのは具材の方か」

もういつものことなので皆、特に断りなく並んでいる料理を抓《つま》んでいく。

キノコの天ぷらとか。ラーメンの麺ぐらいの割合でキノコぶち込んだ味噌汁《みそしる》とか。色とりどり数種類キノコのバターソテーとか、キノコ鍋とか。

「ほう！　これは新鮮な食感」

「食材の繊維に沿って噛《か》み千切れていく感触が、何とも独特！」

「スープやソースが染み込んでジューシー!!」

「天ぷらの衣のサクサク感ともマッチ！」

コイツらも食レポ上手《うま》くなったなー。

「我が君！　このまったく新しい食材は何なのですか!?」

「キノコだよ」

……。

「…………」

「……………………！」

「…………………………………ッッ!?」

え？

何この唐突な沈黙。

「き、キノコ……？」

「キノコと言えば……!?」

どうしたの？　集ったみんな顔真っ青にして？

「うわ――――ッッ!?　死ぬうううううッ!?」

「キノコ食べちゃった！　キノコ食べちゃったあああああッ!?」

「毒で死ぬうううううううッ!?」

そうか！

我が農場の皆には、外で自生している天然キノコをうっかり食べて毒に当たらないように厳重注意してるんだった。

そんな彼らにとって、キノコは皆悉《ことごと》くひっくるめて猛毒！

それを知らずに食べたので『もう死ぬ！』となっている。

「聖者様はどうして大量毒殺を企ててえええ……!?」

企てねえよ。

キノコには毒のあるものとないものがあって、調理したのは栽培した安全確実な無毒キノコなので大丈夫、ということを説明するのに大変苦労した。

料理そのものより疲れた。

「なるほどこのキノコは安全なキノコなのですな？」

「ではお代わり」

そして理解した途端、何の憂いもなくキノコを食べ始めた。

少しは不安を引きずれよ。

『ぬっふっふっふ……！　聖者様……！』

「お前はマタンGO!?」

原木から生えて移動できない巨大キノコが何故《なぜ》台所に。

『私の進化を侮ってはいけません』

「足が生えとる!?」

キノコの底の部分から!?

それで歩いてきたのか!?

『私が充分役に立つことを証明できたようですな……!?』

「ああ、こうなっては認めざるをえない……！　お前は最高だ！」

互いを認め合うようにハイタッチ！

ハイタッチ？

腕まで生えたのかキノコ!?

こうして我が農場は巨大キノコ、マタンGOのおかげで、いついかなる時もいかなる種類の食用キノコにも困ることはなくなりましたとさ。

＊　＊　＊

「しかし……」

ふと疑問に思った。

「どうしてお前はそこまで俺の役に立とうとするんだ？」

ちょっと尋常じゃない献身に思えるんだが。

別に恩返しとかじゃないよな？

『アナタに認めてもらいたかったからです……！』

認めてもらってどうするん？

『聖者様に認めてもらい、その力をもって倒したい相手がいるのです。森の頂点を争う、積年の宿敵を……』

宿敵？

なんか物騒な話になってきたな？

「誰かと戦ってるの？」

『はい、ヤツとは決着をつけねばなりません。戦うことを宿命づけられているのです。私がキノコである限り、ヤツと戦わなければ己を肯定できないのです』

また随分と気負った物言いだな。

一体誰と戦っておるのだ？

『はい……、ヤツの名は……!!』

たけのこ魔人タケノッコーン。

きのこたけのこ戦争

俺たちは山ダンジョンへ向かうことになった。

巨大キノコことマタンGOには、雌雄を決すべき宿敵がいた。

その宿敵の下へ向かうと言う。決着をつけに。

俺が同行するのはただの興味本位だ。

マタンGOは、巨大キノコの外見でありながら、底の部分から二本の足を生やして歩行することができた。

『着きました、ここです』

と言って到着したのは、山ダンジョン春エリア。

そこにはさらに細かく、竹林の小区画があった。

ここからは、様々な道具に加工できる竹や、美味《おい》しいたけのこを掘り出すことができる。

ここに至ったわけとは……?

『出てこい！　タケノッコーン！』

マタンGOが叫ぶ。

『このキノコが勝負をつけに来たぞ！　尋常に立ち合え！』

すると、彼（？）の呼びかけに呼応するように地面からズモモモモ……、と何かが生え出てきた。

土や落ち葉を掻《か》き分けて、地中から生え出す者の正体は……。

紛れもなくたけのこだった！

『みずから倒されに来たかキノコ風情よ。たけのこ魔人タケノッコーンに！』

たけのこが喋《しゃべ》り出した。

既にキノコが喋る前例があるので、ことさら驚きはしない。

出てきたたけのこは、マタンＧＯと同様に巨大。普通のたけのこより数十倍の体積があった。

『それもう竹じゃね？』と思われるかもしれないが、先は尖《とが》っているし、皮に包まれているしで、やっぱり巨大たけのこと言った方がしっくりくる。

マタンＧＯは巨大たけのこに勇み出る。

『長きにわたる我々の因縁に決着をつけるのだ!!　キノコとたけのこの因縁にな！』

『笑止！　決着なら既についているではないか！　我らたけのこの方がキノコより優れていると!!』

あのー。

一体何の話なんです？

付いて来ていながら何ですが、現状がまったく飲み込めない。

『我々は、古くから争ってきたのです』

巨大キノコ、マタンGOが言う。

『この山の頂点に立つのがどちらかを決めるために！』

「いや、この山の主《あるじ》はおれだぞ？」

同じく興味本位で同行しているヴィールが言った。

暇なんだろう。

この山ダンジョンの主はたしかにドラゴンであるヴィールだが。

『ふはははは！　愚かなりマタンGO！　キノコがたけのこに勝てる道理などない！　私こそが山の主なのだ！』

『キノコより優れたたけのこなどいない！　今日こそお前を駆逐して山の支配権を盤石にする!!』

「いやだから、山ダンジョンの主はおれ……!?」

ヴィール訴えるも聞いてくれない。

「ご主人様ぁ、コイツらまとめて焼き払っていいか？」

「もう少し様子を見てみよう」

キノコモンスター、マタンGO。

たけのこ魔神タケノッコーン。

まさに頂上決戦、……なのか!?

巨大たけのこ、不敵にフフフと笑う。

『愚かなりキノコ。既に我らたけのこ勢が優位であることは確定済みなのだ。……そうでしょう聖者様？』

え？　俺？

『聖者様はよく我が竹林へとたけのこ掘りにやって来てくださる。これこそ、聖者様が我らたけのこを重んじてくださる証《あかし》！』

ああ。

たしかに俺、たけのこ掘りのためによく山ダンジョンに入るよ？

たけのこごはんとか、たけのこの天ぷらとか農場の皆に好評だから。

そろそろメンマも作ってみたい。

『この山の全能支配者、聖者様に認められたたけのここそ頂点的作物に相応《ふさわ》しい！　お前たちキノコはその下だ!!』

そして俺はマタンGOを見る。

「もしや、お前が必死に俺から認めてもらおうとしていたのは……!?」

『そうです。あのタケノッコーンに対抗するため。この山の作物にとって、絶対的万能者である聖者様に「美味しい」と認めてもらうことこそ、みずからの価値を証明すること……！』

これまで食物として顧みられることのなかったキノコは、長くたけのことの戦いに劣勢を強いられてきた。

『しかし今日やっと我らキノコも、聖者様から美味しいと認められたのです！　今こそ反撃の時！　驕《おご》るたけのこに鉄槌《てっつい》を！』

興奮するキノコ。

胞子が舞い散りそうなので暴れないでほしい。

「俺としてはどっちも美味しいから仲よくしてほしいんだけど？」

『『ダメです!!』』

こんな時だけ息ピッタリ。

『我々は雌雄を決しなければならないのです。キノコとたけのこは、同じ天を仰ぐことはできないのです！』

んなこたーない。

『だが、聖者様に認められたからと言って、お前たちキノコが我らたけのこと対等になったわけではない』

『なにぃッ!?』

『知らぬか！　我らたけのこを称賛するのは聖者様だけではない。神をもたけのこの美味しさを認めているのだ！』

『神も!?』

『そうだ！　その決定的差がある限り、たけのこより優れたキノコなどないのだあああ!!』

そういやそんなことあったなあ。

召喚した冥神ハデスにたけのこごはんを供したら神の食物認定された。

よし。

俺は一旦農場の自宅に帰ることにした。

＊　＊　＊

用意するもの。

キノコ各種、お米、調味料各種、だし汁。

あとノーライフキングの先生。

釜に、用意した食材を諸共《もろとも》ぶち込み炊きます。

炊き上がる頃に……。

「先生お願いいたします」

『かしこまり』

先生に冥神ハデスを召喚してもらいます。

『お？　今回は何用じゃ？』

「キノコごはんでございます」

召喚されたハデスに完成したキノコの混ぜごはんを提供します。
神が食べます。
『……キノコごはんを神の食べ物と認定する』
『ほえええええええええッッ!?』
絶叫するたけのこ魔神タケノッコーン。
これでキノコとたけのこは対等になった。
要するに、これでもっと仲よくしろと言うことだ。

キノコとたけのこの争いは続く。

戦いこそが人の歴史だと言わんばかりに。

いやコイツら人じゃないけど。

一方は菌糸類だけど。

『ふはははは！　私も神の食物認定を得たぞおおお！　これでキノコがたけのこより優れていると証明されたああああッ!!』

『バカ言ってんじゃねえ！　やっと対等条件になっただけじゃないかああああ!!　まだまだたけのこの方が優勢だああああッ!!』

醜く争い合う。

どうしてキノコとたけのこは、こうまで争い合う定めなのか。

『お前を倒して！』

『貴様を倒して！』

『『私こそが、この山の主《あるじ》となる!!』』

「うひぃん、山ダンジョンの主はおれなのにぃ～」

そして脇でヴィールがいじけていた。

さすがに可哀相《かわいそう》になってきたので、あとで美味《おい》しい物でも食わせて励ましてやろう。

「これはさすがに問題だなあ……」

俺は傍《はた》から見ていて思った。

何が問題って、農場に争いの種が存在し続けることだ。

一応ヴィールの山ダンジョンに設営されたダンジョン果樹園も農場の分所みたいなものだし。

そこに争いがあって農場全体がギスギスすることは避けたい。

「どうしたものか……？」

キノコもたけのこも美味しいのに困ったものだ。

「いっそ両方とも焼き尽くすか？　そしたら争いごとすべてなくなるぞ？」

ヴィールよ。

拗《す》ねたからって、すべてを灰塵《かいじん》に還《かえ》そうとするな。

「そもそもコイツらを灰にしたらキノコもたけのこも食べられなくなるぞ？」

「それは嫌だ。じゃあどうしたらいいんだ？」

俺とヴィールと揃《そろ》って腕組みして悩んでいた時である。

天空から光が降り注いできた。

「うわッ？　何事だ!?」

明らかな異変。

俺だけでなく、いがみ合っていたキノコたけのこも光に釣られて空を見上げる。

『おおおおおッ!?』

『この光はッ!?』

そして大いに狼狽《ろうばい》する。

『まさか、ヤツが降臨したのか……!?』

何か知ってるような物言いだ。

『やめるのです……、争いをやめるのです……』

そして天空からも、なんか悟ったような声がしてきた。

『争いは、山の平穏を乱します。この山に住む善良なる者として、これ以上見過ごすことはできません……』

乱入者の正体は!? 果たして!?

『マタンGOがキノコの化身、タケノッコーンがたけのこの化身だとしたら……』

『ヤツはカカオの化身……!?』

『『カカオの精カカ王!』』

カカオだった。

カカオと言えばアレ。

チョコの原料となるヤツじゃなかったっけ？

「そもそもお前ら何なん？」

いよいよ疑問を我慢しきれなくなって聞いた。

一体目のキノコはまだわかる。

以前にも登場したモンスターだから。

しかし二体目のたけのこ、さらに三体目となるカカオまで出てきたらもうわからない。

お前ら何なのだ？

やっぱり植物系のモンスターなのか!?

『私たちは樹霊《じゅれい》……』

「樹霊？」

一番冷静そうなカカオのヤツが答える。

『樹木に憑依《ひょうい》する精霊の一種です。依《よ》り代《しろ》となった木の性質を反映しながら、自在に活動できる……。聖者様が植えてくれた木は、今までにない珍しいものたちばかりでした。私たちにとってはとても刺激的で、新たな可能性を感じさせるものでした……』

俺が『ダンジョン果樹園』と称して、前の世界の樹木を植えまくったから……。

やっぱり自然に手を加えると、想定外の影響が出るものだな。

同じ樹霊がたけのこに憑依して生まれたのがたけのこ魔神タケノッコーン。

そしてカカオの木に憑依したのがカカ王……？

マタンＧＯはそもそもキノコのモンスターか。

アイツだけ樹木じゃないしな。

それでもタケノッコーンと争うのは、それこそキノコたけのこの宿命なのか？

『マタンＧＯよ、タケノッコーンよ。山の平和を乱すのはやめるのです。聖者様に迷惑を掛けてはいけません……』

カカオの精が良識者然と呼びかけるのに対し……。

『煩《うるさ》い！　部外者は下がっておれ！』

『キノコとたけのこの宿命の戦い、何人たりとも口出しできぬと心得よ!!』

お前ら人じゃねーけどさ。

良識的に呼びかけたというのに、厳しくはねつけられたカカオの精は、どう対応するかというと……。

『カカオバターウエイブ!!』

『『ぎゃあああああッ!?』』

なんか必殺技で、両者を押し流した。

『争いはいけません……、争いはいけません……』

お前が一番、力ずくですべてを解決しているんだが。

『わかりました。すみません』

『仲よくします。だからもうカカオバターの脂肪分塗《まみ》れにしないでください……』

両者は暴力の前に屈した。

キノコとたけのこの争いに終止符を打ったのは、チョコレートの使者であった。

『これで一件落着……』

「マジで？」

『聖者様』

「はいッ!?」

今度は俺に話が振られてきた!?

大丈夫!?　いきなりカカオバターウエイブしてこない!?

『私たち樹霊は、樹木を依り代にして現界する霊的存在です。木と一体になったあとは、意思ある樹木として、その個体と共に一生を過ごします』

なんかとんでもないシロモノが、ウチのダンジョン果樹園で繁栄していやがった。

『既にこの山には、多くの樹霊が楽しく暮らしています。どうか聖者様に、我々の存在をお認めいただきたいのです』

「え？　それってまさか、キミやそっちの竹の他にも喋《しゃべ》る木が!?」

『はい、リンゴの樹霊。ミカンの樹霊、ビワの樹霊など様々おります』

マジか。

『我々にお任せ下されれば、聖者様の求める果実の育成や収穫をお手伝いできますし、きっといいことがありますよ？』

「ん～？」

『それとも、やはり喋る木などは気持ち悪いと伐採してしまいますか？』

なるほど。

樹霊たちが何やら執拗《しつよう》に俺の承認を求めているのは、そういうわけか。

自分たちが駆除されるのを恐れているのだ。

『せ、聖者様がいつでも美味しいたけのこを収穫できるのも！　私のお陰だぞ!!』

たけのこ魔神タケノッコーンが訴える。

『私の力で、一番美味しい状態のたけのこをキープしているのだ！　そのお陰で一年のうちどんな季節、一日のうちどんな時間帯でもたけのこが収穫できるんだぞ!!』

なんと。

たしかに、どんな時間に来てもちょうどいい鮮度のたけのこが掘れるんで、嬉《うれ》しいけどおかしいなあと思っていたのだ。

たけのこ魔人のおかげだったのか。

『共存共栄！　共存共栄で行きたいと思います！』

『私も美味しいキノコをたくさん生やしますぞおおおおお!!』

キノコの方まで必死にアピールしてきやがる。

「わかったわかった。認めてやるから、それぞれの果物の管理をお願いしますよ」

『『『やったー!!』』』

キノコたけのこも一緒に喜びを分かち合った。

「あと、できれば、こっちのヴィールにも敬意を払ってやって」

「おれがこのダンジョンの主なんだぞおおおおおッ!!」

ヴィールが憤慨していた。

そんな彼女に対してキノコ、たけのこ、カカオが一斉にこうべを垂れた。

『『『よろしくお願いいたします。ダンジョンの主様』』』

「うむ!」

これでヴィールが自己満足してくれたらよいことだ。

こうしてダンジョン果樹園は、それぞれの果樹に憑依した樹霊が育成を管理してより便利になった。

……と言えるのか?

こうしてダンジョン果樹園で色々あって、樹霊たちとお知り合いになった。

キノコとたけのこの争いも調停されて、一応一件落着と言ってよかろう。

そこで俺は新たなチャレンジをすることにした。

早速ながら。

キノコたけのこ騒動でヤツらだけでなくカカオの樹霊、カカ王と顔見知りになったのである。

せっかくだからここでカカオを原料に作られるもの。

チョコレート作りに挑戦してみようではないか。

『早速聖者様のお役に立てて、光栄です』

カカ王は、農場の俺の屋敷まで来ていた。

樹木の霊だから一ヶ所に固定されるのかと思いきや、意外と何処《どこ》にでも移動可能。

『カカオの実というのはですね、カカオポッドとも呼ばれているんですよ』

さすが本人（?）だけあってカカオのことに詳しい。

『ヤシの実のような硬い殻の中にカカオの種がたくさん詰まっているのです』

そしてカカオの樹霊カカ王は、そのカカオポッドに目鼻がついているような外見だった。

そしてフヨフヨ浮遊している。

何でも実に魂を宿すことで、本体である樹木と分離して遠隔行動が可能らしい。

そしてカカ王そのものであるカカオポッドがひとりでにパカッと開いて、中からカカオ豆がダバダバ出てきた。

『これでチョコレートをお作りください』

「お、おう……?」

手間がかからないのはいいことだが……?

『カカオ豆からチョコレートを作るには、まず豆を焙煎《ばいせん》しなければいけません』

「はあ……!」

『次に、粉状になるまで細かく砕き……』

「はい……!」

『砂糖を加えながら、温めながら混ぜていき……!』

「おぬ……!」

『適当に溶けたら、型に入れて冷やし直して完成!』

指示がテキパキ過ぎる!?

なんなのカカ王!

そこまで至れり尽くせりなケアしてくれるの!?

いつもだったら新しい料理を作るのに試行錯誤があるところだけど今回まったくなかったよ！

今までにないくらいスムーズ!?

やっぱり一番美味《おい》しい料理法は素材本人（？）に聞くのが一番いいと言うことですか!?

「いっただっきまーす」

そしてプラティがもういた!?

出来上がったチョコレートを断りなく口に放り込む!!

「ビター!!　また今までにない感じのお菓子ね!!」

お口に合ったようで何よりです。

でも量は控えてね、妊娠中はカフェインいかんらしいから。

「系統的にケーキやアイスクリームに近いものっぽいけど、苦味が交じってて大人の味ね！……あれ？　そういえばヴィールが来てないわね？　こんな美味しそうなものの気配があればすぐ来るのに？」

「アイツは今、山ダンジョンに残っているから……！」

山に住む誰からも主扱《あるじあつか》いされなかったことにショックを受けたらしい。

これまで農場に入り浸っていた分を取り戻すように、山ダンジョンの支配を重点的にやり直すそうだ。

現在、山ではブレイクハートなドラゴンによる粛清の嵐が吹き荒れていることだろう。

「ま、アイツの分は冷蔵庫に入れておけばいいか」

保存が利くのが、チョコレートが他の洋菓子より優れたるところだ。

『聖者様、こんどはカカオバターとココアパウダーの分離をやってみましょう！』

「お、おう……!?」

カカオ王がいるおかげで、何でもテキパキと進んでいく。

カカオ豆を砕いた粉――、をカカオマスというらしいんだが、そのカカオマスに含まれている脂肪分を分離させることで、分離された脂肪分がカカオバター、残りカスがココアパウダーに分かれるらしい。

「これがココアパウダー……!?」

つまりココアの元？

チョコとココアは同じ食材から出来るのか!?

そうなれば、早速ココアを飲んでみたい！

パヌのところからミルクを貰《もら》って来て温める。

そしてホットになってきたところで適量のココアパウダーをぶち込む!!

「ココア完成!?」

試飲。

落ち着く味。

お茶やコーヒーとはまた違う落ち着きある飲み物が完成だ！

「残ったココアバターはどうしよう？」

『新たなカカオ豆でチョコを作る際にぶち込めば、よりクリーミーで滑らかな味のチョコレートになりますよ』

本当カカ王が横にいると万事テキパキと進む。

こうして我が農場にチョコレートとココアがお目見えした。

益々《ますます》楽園度が上がりそうだ。

「あの……」

「うおッ!?」「ひぃッ!?」

背後からいきなり声を掛けられて、俺もプラティもビックリ。

振り向いたらそこにエリンギアがいた。

若手魔族の一人で、ただ今我が農場に留学中の女の子、エリンギアだ。

「いきなり声を掛けないでくれよ。ビックリして心臓が飛び出るかと思った!?」

「アタシもビックリしてお腹《なか》の赤ちゃんが飛び出るかと思った！」

とプラティ。

それはやめて。衝撃で出産しないで。

「すみません、でも、そこにあるものが気になって……！」

とエリンギアが指さすのは、他でもないチョコレート。

「……」

そうだな、エリンギアも女の子だもんな。

甘味センサーが反応するのは仕方のないことだ。

「夕食後にでもまとめて皆に配るから、それまで我慢しててなー？」

「いえ、そういうことではないんです！」

違うの？

「あの……、折り入ってお願いしたいことがあります！　その食べ物を……！　食べ物を……！」

＊　＊　＊

「え？　僕にプレゼント？」

エリンギアはチョコをどうしたかというと、リテセウスに上げた。

恋人のリテセウスに。

「かか、か、勘違いするなよ！　たまたま聖者様に料理を習って、多く作りすぎたから、お前に分けてやるだけだ！」

と、テンプレめいたツンデレ口調と共に贈り物を差し出すエリンギア。

……俺は今、恐ろしい光景を目の当たりにしている。

率直に見ればただのプレゼント受け渡し。

しかし贈る側＝女性。

贈られる側＝男性。

贈る品物＝チョコレート。

この図式から導き出される結論は……！

「バレンタイン……！」

いや待て。

ここは異世界。

前の世界では常識であったものが、ここでも常識であるとは限らない。

特に毎年二月十四日に恋人同士でチョコレートを贈るという菓子会社の陰謀風習が、時空を跨《また》いでこっちの世界に根付いてるわけがない。

と言うことは何か？

エリンギアは、何の予備知識もなく直感か何かで『チョコレートは女が愛する男へ贈るもの』ということを見抜いたというのか？

「恐ろしいヤツ……ッ!?」

この瞬間、初めてエリンギアのことを恐ろしい逸材だと感じた。

「べ、別に嫌なら貰わなくてもいいんだからな！　人には好き嫌いあるんだし、苦手な食べ物を無理して食べても私は嬉《うれ》しくなんかないんだからな!!」

「エリンギアさんがくれたものなら何だって美味しいよ！　ありがとう！」

「あーん、私も大好きー!!」

ツンデレの化けの皮がすぐ剝がれる。

「へー、エリンギアさん手作りの食べ物なの？　楽しみだなー、一体何だろう？……な、何だろう？」

リテセウス、贈り物の包みを開けて、まず困惑。

そりゃそうだな。

生まれて初めてチョコレート見て、これが食べ物だと確信もって言える人は稀《まれ》だろう。

「ど、どうした？　やっぱり不味《まず》そうかな？」

「そんなことありません！　いただきまーす!!」

しかし愛の力が勇者リテセウスを突き動かす。

得体の知れない黒い食べ物を目を瞑《つぶ》って食った!!

パリッ！（嚙《か》み砕く音）。

「美味しい!!」

そして心の底から晴れやかな表情。

「本当!?」

つられてエリンギアも晴れやかに。

「うん！　全体黒なのにビックリするぐらい甘いね！　栄養満点って感じ！　疲れ果ててもこれを一口齧《かじ》ったらさらに一日中動けそう！」

「そうだろう！　そうだろう！」

「こんなすごいものを手作りしたなんて！　さすがエリンギアさんだね」

……。

手作りか……。

『さすがにエリンギアさんは、カカオ豆から作っていませんよ?』

俺と並んで覗《のぞ》き見するカカ王が言う。

『さすがにそれだと大変で、聖者様ぐらいの巧者でないと失敗しますから』

「じゃあ、手作りというのは?」

『一度聖者様が完成させたチョコを、湯煎で溶かして型に流し込んだのを手作りと言ってるのです』

マジでバレンタインのチョコ作りじゃねーか。

しかしエリンギア。新たに注ぎ固めた型にハート型をチョイスしたのだから、半端ないセンスだ。

そう、彼女がリテセウスに送ったチョコの形はハート型だったのだ!!

「じゃあ、残りも遠慮なく食べさせてもら……」

「あ、待って」

「何？」

「これで食べて」

そういってエリンギア、まだ残っているチョコレートの端を自分の口で咥《くわ》えてリテセウスに差し出した。

口移し!?

「攻めすぎる!?」

『シッ！　聖者様静かに！　覗いているのがバレます!!』

あれが若さというものか……!?

「しょ、しょうがないなあ……!?」

リテセウスも、照れを浮かべつつチョコのもう一方の端から齧っていく。

「あれが若さというものかあ……ッ!!」

『聖者様！　これ以上は見ちゃダメです!!　撤退しますよ!!』

カカ王に促されて、俺は熱く燃え上がる二人を残してその場から去るのだった。

これが若さというものかあ……!?

若者たちの日々

| Let's buy the land and cultivate in different world |

キノコ作り→マタンGO遭遇→キノコたけのこ戦争→カカ王とチョコレート作り。

という取り留めもない一連イベントが済んで、一段落。

ここからは再び、農場へやって来た若手留学生たちにスポットを当ててみよう。

今一番フレッシュな連中だからね。

留学企画で集められた魔族人族の若者に加え、マーメイドウィッチアカデミア農場分校の人魚生

徒たちと、今農場はこれまでにないレベルでフレッシュだ。

俺がキノコたけのこカカオに振り回されていた間、彼らも農場での生活に慣れていったはずだ。

そろそろ緊張も解けて個性を発揮し始めてきたんじゃないかな？　という彼らの日常を覗(のぞ)いてい

こう。

＊　　　＊　　　＊

まずは、魔族の若い子たちから。

「こらー！　アンタたち！　服はちゃんと扱いなさい‼」

バティが珍しくご立腹だった。

魔族留学生の、また一段といい加減そうな子たちに怒鳴っているらしい。

彼女らは一体何をやらかしたのだろうか？

「脱いだ服は、ちゃんと籠の中に入れておけって言ったでしょう！　品質ごとに分類して！　合わない洗濯の仕方したら傷んでしまうんだから！」

我が農場の被服担当であるバティは、洗濯にも一家言あって煩《うるさ》い。

洗濯の仕方一つによって生地が痛んだり、変色したり、縫い上げた直後の最高品質が損なわれてしまう。

それは職人バティにとって耐えがたいことなのであった。

しかし、まだ十代の若者たちにとって、そんなプロの拘《こだわ》りも理解の外。

「ええぇ〜、でも服なんていちいち畳むの面倒だしぃ〜？」

「お姉さんが勝手に片付けといてよ。そのためにいるんでしょう？」

相手は、今なお生意気さが抜け切れていない問題児であるようだ。

バティに対しても舐《な》め腐った態度を取りまくり。

「大体さ、アタシたちにそんな口の利き方していいと思ってるの？」

「オレたち、こう見えても魔王軍の期待の若手なの。エリート候補ってヤツ」

「洗濯女が対等にできる相手じゃないっていう……!?」

若者たちは、バティのことを単なる家事手伝いと思い込んでいるらしい。

衣服を縫い、洗濯に拘る彼女を誤解しても仕方ないのかもしれないが……。

「アタシたちは、いずれ出世して高い地位に就くの。四天王補佐にだってなりえるんだから」

「そのために一秒だって無駄にはできないわけよ。余計なことはアンタみたいな家政婦さんに任せておきたいわけ」

これは酷《ひど》い。

因果応報が必要だなと思ったので、止めずに見守るのみ。

若者たちの世間知らずな言動に、バティのヘイトは着実に上がりつつある。

「大体、服なんて汚れりゃ捨てればいいじゃん。チマチマ洗うなんて貧乏くさいよ」

ブチッ。

と何かが切れる音がした。

「図に乗るなクソガキどもがぁ!!」

「「「うぎゃあああああ～～～～ッ!?」」」

キレたバティは一瞬のうちに生意気な若手たちを空中で何回転もさせた。

バティがブチ切れるところなんて初めて見たが、やっぱり服に関することが引き金になるんだな。

「しかしやっぱりバティも強いんだな」

今は裁縫師の夢を叶《かな》えているが、元は四天王補佐。

魔王軍の最強ランクに属していても何ら不思議はない。

半人前の若造二、三人ブチ転がすぐらい造作もないことだった。

「聖者様！　聖者様!!」

覗いていたのがバレた。

ボロボロの若手魔族たちを引きずりながらこっちに来る。

「コイツらには、もっと根本的な教育が必要です！　私にさせてください！　コイツらを立派な大人に鍛え上げてみせます!!」

舐めた相手が悪かったなあ。

こうして留学生たちは、バティによる生活全般の指導を受けることになった。

礼儀作法が、これでしっかり身についてくれたら幸いだ。

あとで聞くところによると、バティも魔王軍ではそれなりに伝説を持った人物らしい。

その本名を聞いた若手魔族たちは、揃《そろ》って震えあがった。

「ま、『魔犬』バティが何故《なぜ》こんなところに……!?」

「この農場じゃ、甘く見ていい相手は一人もいないってこと……!?」

誰であろうと敬意をもって接してください。

＊　＊　＊

また、こんな話もあった。

ノーライフキングの先生の授業中の話。

『これこれ、授業に関係ないものを出してはいかんぞ？』

注意を受けたのは人族の生徒で、何やら肖像画みたいなのを机に置いていた。

「す、すみません!!」

『誰の肖像画じゃ？　何やら随分男前だが？』

肖像画に描かれているのは若い男性で、しかもかなり美化の痕跡が見られた。

「は、はい！　その方は私が一番尊敬する方です！　お姿を見ながら勉強したら一層身が入ると思って……!?」

見咎《みとが》められた人族少女は、消え入りそうなぐらい畏《かしこ》まっていた。

「ああ、聖トマクモアの肖像画か？」

隣にいた人族少年……クラスメイトといったところか……、が肖像画を見て言った。

「トマクモア？　誰それ？」

授業を見学していた俺も思わず口を挟んでしまう。

「人間国の伝説的人物ですよ。もう何百年も昔の人です」

歴史上の人物ということか。

伝承によれば高位の神官であったが、教団の利己的な体質に疑問を感じ、批判を続けてついには破門されてしまったという。

その反骨、高潔の生き様が後世にも伝わり、人気を呼んだという。

「所謂《いわゆる》アングラ的な人気でしたけどね。人間国を道徳的に支配する教団は、自分たちに逆らった聖トマクモアが存在したことすら認めませんでしたから」

と事情通らしい人族少年は訳知り顔で言う。

「教団がのさばっていた頃の人間国では、アイツらが『ない』と言ったものは本当に存在しなくなるんです。でも、そんな教団に不満を持つ者の間では、聖トマクモアは象徴として心の中に存在し続けた……」

そして魔族によって人間国が滅ぼされ、教団も壊滅させられた今、聖トマクモアはついに公に存在を認められた。

それどころか腐敗した旧権力に反逆し続けた硬骨の士として、急激に人気が上がっているという。

『……ほう、なかなか骨のある人物だったようじゃのう』

「先生！　先生はアンデッドだからずっと昔から存在しているんでしょう？　もしかしたら聖トマクモアにも会ったことがあるんじゃないですか!?」

もしそうなら、どんなに素敵なことか。生の歴史の話が聞ける。

若手人族たちの表情が期待に輝いた。

『すまんが、ワシは不死となってからほとんどダンジョンに籠っておったゆえ、人間国の歴史にはそう詳しくないのじゃよ』

「そうなんだー、残念」

『そのトマクモアとやらの逸話は他に何かないのかの？』

それでも優しい先生は、生徒たちの期待に応えて何でもいいから思い出そうとする。

「聖トマクモアについては、生前の記述は教団が率先して抹消してきましたから、あまり詳しいことは……！」

『そうか……』

「あ、でも一つだけ、謎めいた最期のことだけがハッキリ伝わっています！」

『最期？』

聖トマクモアの最期。

それは病死や事故死ではなく、もっと異様な死に方だったという。

ある時、聖トマクモアは呪いの剣に魅入られたのだという。

剣の呪いに蝕《むしば》まれた聖人は精神を病み、剣を抱えてどこかへと消えていった。

そして二度と帰ってくることはなかった。

「呪いに蝕まれるなんて聖トマクモアが本物の神官じゃない証拠だって、教団もこのエピソードだけは進んで触れ回ったんです。逆に、聖トマクモアを煙たがった教団が、排除のため呪いの剣を送り付けたって説もありますが……」

『………』

その物語に、俺と先生は顔を見合わせた。

何やら猛烈な記憶の繋《つな》がりを感じたが、先生も感じているようだった。

『……それってワシじゃね？』

「「「「え？」」」」

ですよね。

俺もそう思った。

先生は、邪聖剣ドライシュバルツに精神を乗っ取られて、この地の果てまで来てアンデッドになられたんですよね？

『あー、あー、言われたら何となく記憶が甦《よみがえ》ってきた。そうか、ワシの名前はトマクモアか。千年ぶりに思い出したわ』

アンデッドとして長く存在しすぎたせいで、生きていた時の自分のことすら忘れ去ってしまった先生。

今、その記憶を僅かながらに取り戻した。

「えーッ!?」

「先生が聖トマクモア!?」

「反教団の義士！　まさか本人にお会いできるなんて⁉」

生徒たちからの……特に人族からの尊敬の念が益々《ますます》上がる先生だった。

最終決戦　陸遊記ファイナル

—Let's buy the land and cultivate in different world—

オークのハッカイです。
アロワナ王子の修行にお付き合いして、様々な場所を旅して回ってきました。
今思い返しても、鮮やかに蘇《よみがえ》ってくる……。
……ろくでもない思い出の数々。
大体死にかけるからなあ。
そんな私たちの旅も、そろそろ大詰めを迎えてきました。
我々は最終ステージに立っています。
ここを突破すれば、晴れて修行の旅も終わり。
胸を張って故郷に帰るとアロワナ王子からの宣言を頂いております。
そうして我々が挑む。
修行の旅のファイナルステージ。
それは……。
皇帝竜ガイザードラゴンとの一戦です。

＊　＊　＊

私たちは今ガイザードラゴンの住《す》み処《か》、龍帝城へ来ております。

人類の住む大陸から遠く離れた孤島に存在する竜の城。

周辺の海域は危険なほど渦巻いていて、人魚も近づかないと言います。

そんな絶界に住むガイザードラゴンは、最強種族と呼ばれる竜の頂点に立つ、竜の王。

最強の中の最強ということです。

これまでも何度か話の中に出てきて、大きく不気味な存在感を出していましたが、ついに我々の目前に現れたのでした。

そして戦いになりました。

『うおおおおおおおおおおッ!!』

まず当たったのは、同じドラゴンであるアードヘッグ様でした。

ドラゴンの姿となって、父親でもあるガイザードラゴンにタックルをかまします。

『許さぬ！　許さぬぞ！　これまで我々に語っていたのはすべてウソだったのだなあああ!!』

ご立腹です!!

『後継者を定めると言いながら！　その真実の目的は子から力を収奪し、みずからが頂点に居座り続けるための姦計《かんけい》だったとは！　見損なったぞ！　父上はもはや王でも英雄でもない!!』

皇帝竜ガイザードラゴンは、老いて衰える自分を補うために子ドラゴンからパワーを吸収していたのです。

後継者選びをするというのは方便で、より安易に力を奪い取る呪いをかけるための下地だったのです。

その真実を知ったアードヘッグ様は怒り心頭。

『私は！　アナタなどに力と知恵を奪い取られるわけにはいかぬ！　全力で抵抗させてもらうぞ!!』

『愚かなり我が子よ。グリンツドラゴンごときが、この竜の皇帝ガイザードラゴンに敵《かな》うと思うてか？』

敵であるガイザードラゴンは、今まで見てきたどんなドラゴンよりも巨大で、禍々《まがまが》しい姿でした。

特に翼が巨大で、広げると本体の十倍の面積は優にありそうでした。

『竜の王は世界の王。すべて我が思いのままになるのだ。お前たち子竜どもも、我が糧となれば本望であろう。大人しく智《ち》と力を捧《ささ》げよ！』

ガイザードラゴンから不気味な輝きが発せられて、アードヘッグ様に向かっていきます。

光がアードヘッグ様を包もうとした矢先、逆に弾《はじ》かれ霧散しました。

『何ッ!?』

『対抗呪詛《じゅそ》は施してある！　下心を見透かされた約束など何の意味も伴わぬ!!』

そのままアードヘッグ様は、父竜目掛けて攻撃を放ちました。

『くらえ必殺！　「灰色のブレス」!!』

アードヘッグ様は、口から大量の火山灰をガイザードラゴンに吹き付けました。

火山灰は極小のガラス片で、触れた者に微細な傷を何十万と刻みつけます。

しかも極小だから呼吸と共に体内に入り、内側からも傷つける。

『今だ!!　父上は怯《ひる》んだ！　一斉攻撃の時!!』

「あいさー」

次に飛び出すのはソンゴクフォン。

勿論《もちろん》皆いますよ。もはや大事な仲間であるアードヘッグ様をレッサードラゴンになどしてなるものですか！

「いっくよー、この旅で集めたマナドライブを一斉励起!!」

ヘルメス神が、ソンゴクフォンの成長のために各地にちりばめたパワーアップアイテムは、既に旅の果てに回収済みでした。

それらを全部一斉に発動させることで、ソンゴクフォンは隠された最強フォームに変身します。

ソンゴクフォンは天使ですが、最新Ｖｅｒに調整された際ゴテゴテした翼は取り外されました。

日常生活に支障が出ると言って。

しかし最強フォームとなった今、再びその背に大きな翼が広がります。

「ファイナル・エンジェル・アタークック」

広がった翼は、本体であるソンゴクフォンを包み込むように渦巻きながら、錐《きり》のように鋭くなって先端がガイザードラゴン目掛けて走ります。

『ぐあああああッ!?』

錐は見事にガイザードラゴンに突き刺さり、そのまま貫通して向こう側へと走り抜きました。

さすが我らパーティのエース。

破壊力は抜群です。

『舐《な》めるなあ……! 竜の王者たるおれが、この程度の傷で絶命するものか……!?』

ガイザードラゴン。

体に穴が開いても死なないとは。

ならばもうひと押し。

今度は私の番です。

このハッカイも、皆さんの旅の仲間。

この旅の中でそれなりに成長してきました。

オークボリーダーや他のオークの仲間たちと違う進化を踏み、フラミネスオークとなった私の強さを発揮します。

セイントオーク拳!

聖属性のオーク攻撃が、ガイザードラゴンに多段ヒット！

『ぐのおおおおッ!?　小癪《こしゃく》なあああああ!?』

やっぱり先のお二人と比べて効き目が薄いなあ。

上手《うま》く属性が噛《か》み合えば上級精霊すら一撃粉砕させられるはずの攻撃なんですが。

いや。

やはり最後の花は、あの方たちに持ってもらうことにしましょう。

お願いいたします！

「うむ！」

「いくよ旦那様!!」

アロワナ王子とパッファ様が並び立ちます。

今こそ、この最強竜との戦いと、またこの旅自体への幕引きとなる最後の一撃を放つ時。

「パッファ……、共に行くぞ……！」

「アナタとならばどこへでも……！」

二人は手を取り合い、その握り合わせた手をガイザードラゴンへ向けます。

標的は、度重なる攻撃のダメージで思うように動けません。

今が絶好のチャンスです。

アロワナ王子は、この旅の途上で海神ポセイドスからの祝福を賜りました。

そしてパッファ様も元より海神妃メドゥーサからの祝福を受けています。

この夫婦神の祝福を揃《そろ》えた男女が愛し合うことで、神の祝福は何倍にも効果を増幅しあうのです。

「この一撃こそ……、修行の旅の集大成……！」

「邪悪なる竜の王よ、愛の力の前に滅び去れ!!」

海と愛の力が合わさり高まった、最後の一撃。

「『ラブラブ海神破ッ!!』」

何処《どこ》からともなく現れた海流が、凄《すさ》まじい勢いで走り、ガイザードラゴンの巨体に命中しました。

元々大きな竜の全身を飲み込んでしまうほどのさらに大きな海流です。

『ぐおおおおおおおッ!?　バカなあああああッ!?　竜の王であるおれが、世界の頂点に立つ最強者が、人類ごときにいいいいいいいッ!?』

海流に飲み込まれ、沈みながらガイザードラゴンはそれでももがきます。

しかし、どんどん疲弊して力を失っていきます。

『矮小《わいしょう》な虫けらに過ぎない人類があああああッ!?　我が食料に過ぎない子竜どもがあああああッ!?

何故《なぜ》こんな者たちに我が負けるのだあああああああッ!?』

『父上、アナタの時代は去ったのです』

敵に一番近しい関係者であるアードヘッグ様が言いました。

『それを受け入れず、時代の頂点に居座り続け、あとから来る者を弾き返し踏みにじりすらする。

それがアナタの罪なのです。罪を犯して裁かれない生者はいないのです』

『黙れええええッ！　おれの複製品の分際でええええッ!?　い、いい気になるなよ……！　老いたおれなど倒しても、結局お前は皇帝竜にはなれない。アレキサンダーがいる限りいいいッ！』

『おれは皇帝竜になる気はない。ただ英雄たる者、王たる者を見守り続けるだけでいい』

『おげえええええええッ!?』

なんか『我が滅びても第二第三の……』的な捨て台詞《ぜりふ》を残したあと、ガイザードラゴンは海流の中に沈んで消えていきました。

これで決着がつきました。

「…………」

すべてが終わりました。

修行の旅の集大成として、最強ドラゴンの討伐は相応《ふさわ》しい締めとなったでしょう。

「では、帰るか」

「おつかれー」「あー、大変だった」「姐《ねえ》さん、おっぱい揉《も》んでいいー？」

ここにアロワナ王子の武者修行。

陸遊記。

ひとまず一巻の終わりとあいなりました。

誕生と帰還

はい、俺です。

生まれました。

ついに。

俺の子が、プラティのお腹《なか》から生まれました。

「わーい!! やったー! やったー! わーいわーい! どっせーい! うおおおおおおッ!!」

喜びのあまり、農場を三周するぐらい駆け回って、最終的には心配したオークボたちに取り押さえられた。

俺の子であった。

男の子だ。

プラティは本当によく頑張ってくれた。

彼女は母親になり、俺は父親になった。

自分が新たなステージに立ったと言うことを実感する。

そして我が子が愛《いと》おしい。

とにかく誕生を祝うのもそこそこに、新たに生まれた子に名前を付けてやらねば。

「うぅむ……！」

色々考えた結果。

「聖者キダンJr」

かなり安直な名前になった。

まあ俺自身この名前あんまり使ってないし、そのままこの子にあげてもいいかなって思ったのだ。

当面はジュニアと呼ばれることになるだろうが。

いつか、その日が来たら彼こそが聖者キダンとなるのだ。

「我が君……！　おめでとうございます！」

「本当におめでとうございます……！」

オークボやゴブ吉も涙ながらに駆け寄ってくれた。

「我ら、身を尽くして御曹子の盾となり産着となってお守りいたしましょう！」

「ありがとう、ありがとう……！」

こうして共に息子の誕生を祝ってくれることが何より嬉《うれ》しかった。

それ以前に大量流入した若手留学生たちに、我が子ジュニアの誕生も加わって農場がフレッシュになった気がする。

平均年齢が下がったとも言うべきだが。

そんなお祝いごとに沸き返る我が農場に、さらなるよい出来事が舞い込んできた。

アロワナ王子が修行の旅を終えて帰還したのだ。

＊　＊　＊

パッファの転移魔法によって、瞬時に農場へと帰還するアロワナ王子。

「あー、疲れた」

どれぐらいぶりのことだろう？

少なくとも俺から見たら一年は会ってなかったと思う。

一年かけて諸国漫遊してきたアロワナ王子は、たしかに総身からたくましくなっていた。

顔つきも、放つ覇気も、旅立つ前とは段違いに違う。

「お帰りなさいアロワナ王子……！」

「聖者殿、ご無沙汰しておりました……！」

力強く握手を結ぶ。

そこから伝わってくる力の強さですら、王子の成長が察せられた。

他の旅のメンバーたちも。

旅に付き添わせたオークのハッカイは、久々に再会したモンスター仲間に囲まれていた。

……何だろう？

帰還したハッカイは他のオークと比べてなんか印象が変わったような……？

え？　彼も変異した？

フラミネスオーク？

何それ？

一方、前にも一度農場に来たことがあるソンゴクフォンも、同族のホルコスフォンとの再会を果たしていた。

そして火花を散らしていた。

「旅も終わったしぃー、テメェーとナシつけんのもいータイミングっつーかー？」

「よろしいでしょう。今日こそアナタに納豆の素晴らしさを刻みつけてあげます……！」

なんで対決ムードなの？

さらにあと一人……。

何だかやけにドッシリとした印象の紳士がおられる。

あの人は初めて見るなあ。

何者？

「そうだ……！　聖者殿に紹介しておこう……！」

アロワナ王子も気づいて、俺と紳士を引き合わせてくれる。

「旅の途中で仲間になったアードヘッグ殿だ」

「ほいー？」

「ドラゴンだ」

「ほいッ!?」

ビックリして舌噛《か》みそうになった。

ドラゴン!?

またドラゴンが現れたですか!?

アードヘッグさんとやらは、俺のことをじっと見詰めて……。

「あの……、何か……？」

「ダメだ、わからん」

本当に何なんだよ？

「アロワナ殿！　この御仁は英雄か王かわからない！　おれの目をもってしても！　そのどちらでもないような気もするし、あるような気もする！　一体何なのだ!?」

「ふふふ、それが聖者殿の魅力なのだ」

本当一体何なんですか？

俺が困惑しているうちにアードヘッグさんは、ドラゴンらしい移り気の忙しさであっちへフラフラ行き……。

「おお！　ヴィール姉上ではないですか！　こちらにいらっしゃると伺っていましたが！　本当に

お会いできるとは!!」

「ん？　誰だお前？」

「お忘れですか!?　アナタの弟竜、グリンツドラゴンのアードヘッグです！」

「……？……あー、思い出した！　お前ダルパーか!!」

「違います！　アードヘッグです！」

「そうかすまん！　今度こそ思い出したぞ、シードゥルだな!?」

「アードヘッグです!!」

ヒトの顔を覚えないヴィールであった。

あと最後のメンバーとしてパッファがいるが、彼女はかねてから農場と旅先を行き来しているので久しぶりという気もしないはずなのに……。

……なんだろう？

……彼女が一番変わった気がする？

旅を終えて帰ってきたパッファは、最初の頃の尖《とが》ったナイフのようなアウトロー感が随分消え去って、穏やかな印象になっていた。

それどころかむしろ大人びた魅力に包まれて見た目は同じなのに別人かと疑ってしまいそうだ。

「……あの、これは……？」

パッファのあまりの豹変《ひょうへん》ぶりに戸惑う俺は、アロワナ王子に縋《すが》らざるをえなかった。

一体何があったんです？

「うむ、実はな……！」

アロワナ王子が照れた口調で言った。

「結婚することにしたのだ」

「ああ、なんだ。おめでとうございます」

「驚きが薄いな!?」

いや、だって。

アロワナ王子とパッファが結ばれるのは予定通りすぎて驚愕《きょうがく》の要素皆無ですから。

おめでとうと祝う気持ちは大きいけれども。

「ああ、それでパッファは魅力が段違いに上がっているのか……」

あの匂い立つようなムンムンの色気は、人妻の色香だったのか。

まだ婚約段階だろうに気の早いヤツめ。

アロワナ王子が、依然照れた口調で続ける。

「一緒に旅を続けていくうちに、身を固めようという気になってな。やはりパッファほど、私をよく支えてくれる女性もいないと確信できたのだ」

「はいはい」

「人魚国に戻ったらその足で父と母の下へ向かい、結婚の許可を取ろうと思う」

大変不思議なことだが。

自分自身結婚して子宝に恵まれリア充の極みに達したとしても、まだ他のリア充が憎いものだ。

とにかく慶事が立て続けに起こるものよ。

俺とプラティとの間に子が生まれ、アロワナ王子とパッファが結婚。

しばらくお祭り騒ぎが途切れそうにないな。

「これはいい機会かもしれないわね」

「おや、プラティ」

ジュニアを抱えて、今や母となったプラティが現れた。

ジュニアは今お昼寝中か？　スヤスヤと寝顔が可愛《かわい》いなあ。

「アタシも一回パパとママに会いたいと思っていたところなのよ。ジュニアの顔を見せに」

「おお、それはいいな！」

人魚国の王様も、孫の顔をさぞや見たいことだろう。

「兄さんが人魚国に戻るなら、一緒に里帰りするのもいいタイミングだと思うのよ。しばらく留守にしていた兄妹そろって訪ねた方が、きっとパパママも喜んでくれるでしょう？」

それは大いに賛成だが。

俺はその間、農場でプラティとジュニアの帰りを待っているの？

寂しすぎて死にそうなんだが？

「もちろん、付いて来てくれるでしょう？」

「え？」

「アナタも一緒に、人魚国に」

こうして俺は、プラティの里帰りに便乗して人魚国へ行くことになった。

ご両親への挨拶に。

本来なら結婚した時点で挨拶なんぞは済ますものなので、第一子が誕生してからでは遅きに失するにもほどがある、といったところ。

だが、どれだけ遅くともやらないよりはましだろう。

そういうわけで行きます。

いざ人魚たちの住む人魚国へ。

「では留守を頼むぞ」

俺が人魚国を訪問する間、農場の指揮はオークボとゴブ吉の二人に任せた。

今や古参組でもトップクラスの彼ら。

農場の裏も表も知り抜いていて、安心して任せることができた。

「我が君……、本当に大丈夫でしょうか……?」

ゴブ吉が心配そうに尋ねる。

「安心しなって、キミらなら問題なく農場を回してくれるさ」

「いえ、我々が心配しているのは我らの方ではなく、我が君の方で……！」

ん？

「人魚国では、少々ながら政治的混乱が起こっていると聞きます。もし我が君や奥様、御曹司に危険が及んでは……！」

「そうです、もっとたくさん護衛を付けていってください！」

オークボまで深刻になって。

「大丈夫だよ。プラティのご両親に挨拶に行くんだ。何の危険なことがあろうか」

「しかし念には念のため……！」

「万が一があっても大丈夫だよ、アイツがいるから」

と俺はヴィールを指さした。

アイツも、今回の人魚国訪問に同行する。

「ふひひひー、可愛《かわい》い可愛い……」

ヴィールは生まれたばかりの我が子ジュニアに首ったけだった。

よほど可愛くて気に入ったのだろう。

あの子と離れるのが嫌で、せっかくの山ダンジョン再支配活動も途中で投げ出してしまい、今回の遠出にも断固として加わった。

恐らく人魚国訪問中片時もジュニアから離れないだろう。

「ドラゴンが傍《そば》についてたら、これ以上心強いことはないだろう。ジュニアはこれで安心だ。俺たちは俺たちで身を守れるし」

「はあ……！」「たしかにそうですが……！」

「ゴブ吉とオークボは農場の方を頼むぞ」

「「承知」」

人魚国訪問組の人員は、メインとなる俺、プラティ、そしてジュニア。

それに勝手についてきたヴィール。

勿論《もちろん》アロワナ王子も。

アロワナ王子旅の御一行も丸っとそのまま同行するらしい。

家に帰りつくまでが修行の旅ということで、仲間全員で凱旋《がいせん》したいのだそうだ。

交通手段は船。

以前建造しておいたマナメタル製の豪華客船ヘルキルケ号の出番である。

「最初は漁船として作ったんだがなあ……！」

過ぎたことにはこだわるまい。

むしろプラティのご両親にお見せするのに、ドワーフ渾身《こんしん》の装飾が施された豪華船は具合がいいではないか。

操船用の最低限のオークゴブリンと共に船に乗り込んで……。

「出航！」

俺たちは海へと乗り出した。

目指すは、人魚国の首都。

そこにプラティの両親、俺の舅《しゅうと》姑《しゅうとめ》、ジュニアのおじいちゃんおばあちゃんに当たる人魚王と、王妃様が待っている。

＊　＊　＊

「私が旅に出ている間に、また凄《すご》いものを拵《こしら》えましたな……！」

アロワナ王子が、みずからの乗っている船を見下ろしながら言う。

「そうでしょうそうでしょう」

俺もみずから拵えたものを褒められるので、喜びを抑えられない。

いや、装飾面はドワーフの力を借りたけど……。

「帆もなく、みずからの力で進む船。しかも外装はマナメタル製など、そんなものを所有しているのは世界広しといえども聖者殿しかいますまい。私も多くの土地を回ったが、結局聖者殿の農場ほど驚愕《きょうがく》の多い場所はありませんでした」

「んなこたーない」

ほめ過ぎですよ、お義兄《にい》さん。

他にも甲板では、ソンゴクフォンとアードヘッグさんが組手みたいなことをやって遊んでいた。

くれぐれも本気でやらないでほしい。天使とドラゴンが本気になったら船が砕けて沈む。

「でも……」

俺は根本的な疑問を口にした。

「このまま船で行って、人魚国に着けるものなんですか？」

普段アロワナ王子やヘンドラー、他の人魚たちが農場と人魚国を行き来する際は、人魚の姿で泳いできていた。

その光景から漠然と『人魚国は海の中にあるんじゃないの？』と考えていた俺である。

ハッキリ面と向かって聞いたことはないが。

しかしそれだと、ずっと海の上を進んでいく魔法蒸気船では、永遠に人魚国へはたどり着けないのではないか？

「ふふッ、心配無用だ。我々は順調に人魚国に到達しつつある」

「ここまで来たらぶっちゃけ聞いておきたいんですけど、人魚国って何処《どこ》にあるんです？」

海底？

やっぱり海底？

「それこそ、ここまできたら着いてのお楽しみといったところだな。そろそろ見えてくる頃だろう」

「え？」

大海原をズンズン進んでいく魔法蒸気船ヘルキルケ号。

運航は船員として乗り込んだオークゴブリンに任せきりだが、彼らは彼らでアロワナ王子の指示によって、進むべき航路をしっかり把握しているらしい。

「聖者様ーッ！　目標の島が見えてきましたー!!」

「島!?」

島にたどり着くの!?

もしやその島が人魚国。

「人魚国は海上にあったのか!?」

「いや、違う」

アロワナ王子が否定するのでズッコケる俺だった。

「あそこはいわば、人魚国への陸の玄関口。人魚王族が所有する島。その名も楽園島だ」

楽園島。

俺たちはとりあえず、この島に着岸した。

＊　＊　＊

「この島は……」

一目見て、率直に『綺麗《きれい》だな』と感じられる島だった。

外から遠目に見ても、白い岩肌、それを覆う緑のコントラストが目に優しい。

いざ入港してみると、島には港と呼べるような人工的な施設があり、街としても整っていた。

接岸したヘルキルケ号に、兵士然とした人々が駆け寄ってきて整列する。

「アロワナ王子！　御帰還！」

「プラティ王女！　御帰還！」

鋭い大きな声で呼号する。

それに合わせて他の兵士たちもザッと足を踏み鳴らす。

「一同、敬礼!!」

「「「「おかえりなさいませ!!」」」」

また凄く盛大な出迎えだ。

「やれやれ仰々しいことだ。これだから普段は、こちらの島を使いたくないのだがな」

「アロワナ王子、この島は一体……?」

「人魚国が、魔国人間国など陸の勢力と交渉を持つ時に使う、いわば海上交渉施設といったところだな」

海上交渉施設？

「陸人《おかびと》は海中まで来られぬだろう？　人魚国も保安上、都の中まで陸人を入れたくない。そこで陸人の外交使節を迎えるための施設を、海の中でなく上へ作ったというわけだ」

それがこの島？

「プラティの結婚申し入れに来た魔国や人間国の使者も、ここで応対したのだ。おかげで警備や歓迎の人員が物々しくてな」

あれか……。

兵士さんたちはいまだにビッシリとした隊列を作り、歓迎の意を示している。

「人魚国の近衛兵《このえへい》たちだ」

「あれが……」

足があるってことは、地上人になる薬を飲んだってことかな？

地上からの賓客を歓迎するために、専門的に訓練したのだろう。

「アロワナ王子！」

「「「「未来の人魚王よ!!」」」」

「我々はアナタのお帰りをお待ちしておりました！　プラティ王女！」

「「「「人魚国の俊英!!」」」」

「アナタの才能は、人魚国の宝！　その美貌を再び拝することができて幸せにございます！」

「「「「幸せにございます!!」」」」

練習したんだろうなあ。

耳に突き刺さるほどの大号を続ける人魚国の近衛兵に対して……。

プラティが魔法薬を投げつけた。

「「「「うぎゃあ――――ッ!?」」」」

爆発した。

「プラティ!? 何やってるの!?」

「煩《うるさ》いのよ！ 赤ちゃんがやっと寝たばかりなのに！ 我が子の安眠を妨げるヤツは誰であろうと殺す!!」

たしかに、あんな大声で叫び回ったらジュニアのお昼寝を妨害してしまうな。

うむギルティ。

プラティ自身、ここ数日ジュニアの夜泣きが酷《ひど》くてあまり寝られていないから不機嫌だった。

それでも爆炎魔法薬を投げ込む容赦のなさ。

彼女が故郷で魔女呼ばわりされる理由がわかった気がした。

番外編　陸遊記異聞　パワーアップイベント

それはアロワナ王子たちが旅を終えるまでの……。

少し以前の話。

＊　＊　＊

ウォリアーオークのハッカイです。

今日も元気に皆で旅を続けております。

元来は、人魚国の次期国王……アロワナ王子がみずからを鍛えるための修行の旅。

しかし同行者が増えるほどに目的は多様化し、様々なメンバーが様々な思惑を入り交じらせながら行動を共にしているのです。

その中に一人、ソンゴクフォンという子がいます。

我らが旅のメンバーの中でも一際異質、ちょっとありえない水準の出自と個性を持つこの子。

かつて世界を滅ぼしたという最強種族・天使の一体でありながら、復活したてのために分別が著しく未熟なので、教育のために我が旅の一行へ押し付けられた子です。

……もとい、預けられた子です。

今日はそんなソンゴクフォンの目的を果たすために寄り道しております。

「本当にこの方向で合ってるのかソンゴクちゃん？」

「ヘルメスの送りつけてきた座標情報はぁー、間違いないんすけどぉー？」

ヘルメスとは、ソンゴクフォンを我ら一行へ押し付けてきた張本人。

天空を支配する神々に属すらしいですが、私たちから見たら心底適当なヤツにしか見えません。

そのヘルメス神が、ソンゴクフォン進化のために必要なものを地上に置いたので『取りに来いよ』という話らしいです。

草木を押し分けながら進みます。

「にしてもなんでこんな鬱蒼《うっそう》とした山奥に？　どうせ神々の住む天上から送りつけてくるんだろうから近場で下ろせばいいだろうにさ？」

「簡単にクリアできるようでは試練にならないということだろう」

パッファ様が漏らす愚痴に、アロワナ王子が律義に応えます。

「ソンゴクちゃんには、大きな力を扱うだけの判断力を養うのだ。しっかりとしたな。それを経て初めて、彼女に掛けられた制限を解除するのだから過程を疎《おろそ》かにしてはいかん」

そういうことです。

素で振る舞えば神すら倒せるというソンゴクフォンの力。

それを無制限で野放しにしたら大変なことになるというか世界が滅ぶので、解放には慎重を期すというわけです。

アロワナ王子の武者修行に同行することで経験を積み、一人前の思慮分別が付いたなら制限解除し持てる力の百パーセントを本人に委ねようというわけです。

「きっとヘルメス神が指定した場所では、ソンゴクちゃんがこれまでの旅で培った経験と知恵が試されるはずだ。我らにとっても試験だと思って共に臨もうではないか！」

アロワナ王子は実に真面目です。

だからこそヘルメス神が一方的に送ってきた呼び出しに、バカ正直に応じたのですが……。

「にしても山奥だから枝や草が鬱陶しい！　進むのに邪魔すぎる！」

「ならおれがこの辺一帯焼き払うか？」「あーしも手伝うっすよー？」

ドラゴンのアードヘッグ様とソンゴクフォンが怖い提案をしてきます。

彼らも旅の仲間です。

「やめろ！　そもそもそういう物騒なことをしないための修行の旅だろうが!!」

まったくです。

そんな気軽に山も森も吹き飛ばしたら、やっぱり天使もドラゴンも世界の危機です。

そんなわけで地道に草を切り分け進み、やっとこさ開けた場所に出ました。

「急に見晴らしがよくなったな」

「ここがヘルメスっちーの指定した座標っすよー？」

「ん？　あれは……!?」

最初に気づいたのはアロワナ王子でした。

下ではなく上。我々の遥《はる》か頭上空の上に、それはありました。

お城が空を飛んでいました。

どういう理屈か、あれだけ巨大な建物が翼もなしに空中にあって、落ちてくる気配など少しもありません。

空に浮かんでいるのです。

これはまさに神の所業と言うしかありません。

農場の仲間オークたちがこれを見たら、さぞや衝撃を受けることでしょう。皆建築好きなので。

「どう考えても関係ありそうだな、あの空飛ぶ城？」

「神が用意しなきゃ、誰が用意したって言うんだ、あんなの？」

ましてここがヘルメス神の指定した場所なら、あの神の仕業で確定でしょう。

「とにかく、あの城の中へ入ってみよう。そうしないことには何も始まらん」

「でもどうやって？」

何しろ天高く浮かんでいるお城ですからねえ。

それこそ鳥でもなければ、あんなところまで飛んでいけません。

でも大丈夫。

我々の仲間には、ドラゴンであるアードヘッグ様がいます。

ドラゴンの姿に戻ったアードヘッグ様の背に乗り、我々は楽々天空の城へ乗り込むことができました。

「にゅうじょー」

侵入するのも楽でした。

玄関は鍵もかかっておらず容易に開き、私たちを城内まで誘います。

「人の気配がないな……？」

「あの軽薄神が待ち受けているかと思ったけど、それもなさそうだね？　呼びつけた本人がいないとは、どういう了見だい？」

しかも城内は、予想以上に殺風景です。

家具や調度品の類もなく閑散としています。

仕方なく奥へ進んでいくと、やっとこさ何か意味ありげなものを発見しました。

「これは……、石板？」

分厚い大きな石製の板で、その表面には文字らしいものが彫り込んであります。

なんて書いてあるか読めませんが。

しかし、この石板でもっとも目を引くところは石板自体が緑色に光り輝いていることでした。

夏の葉みたいに深く鮮やかな緑色です。

「これはもしや……エメラルドタブレットか？」

「知っているのかアードヘッグ殿？」

アードヘッグ様はドラゴンであるだけに物知りのようです。

きっと何百年と生きてるんでしょうからね。

「エメラルドで作られた叡智《えいち》を刻まれし石板……。ならばエメラルドタブレットで間違いあるまい。我々をここへ呼んだのが天空神のヘルメスというなら、なおさら……」

「どういうことです？」

「この石板を作り出したのがヘルメスだと伝えられているからだ。ヤツはこの世界の神秘をたった一枚の石板に刻み付けた。それを読む者は万能の叡智を授かるという。あの神が『知の神』と呼ばれるようになったのも、このエメラルドタブレットを作り出してからだと」

そんな凄《すご》いものなのですか。

まあこのデカい石板がすべてエメラルド製なら、それだけでもメチャクチャ凄い気がしますが。

「ヤツは自分が創作せし秘宝を、普段はけっして目に付くところには置かず。秘密の場所に隠しているという。石板を安置するためだけに建築した特別な宮殿の中に」

「それがこの空飛ぶ城ということか？　ありえそうだな」

ヘルメス神は、そんな大事なものの保管場所へ私たちを迎え入れてどうするつもりなんでしょう？

ただ自慢したかったとか？

「ソンゴクちゃん！　エメラルドタブレットを読んでみるのだ！」

「えー？　あーしっすかー？」

指名されたソンゴクフォンは案の定、面倒くさそうです。

「ヘルメス神はキミの成長を審査するためにここへ我らを誘った！　だとすればキミがあの石板を読むことで何か起きるのではなかろうか!?」

「そうは言ってもぉー、これ何が書いてあるかチンプンカンプンなんすけどぉー」

たしかにエメラルドタブレットに刻まれている文字は、見たことのない言語で一文字たりとも理解不能です。

少なくともこの世界に存在する言語ではありません。

「んな読めもしねぇーもん見せられて、どうしろっつんすかー？　しかも呼んだ本人がまだおらんとかマジありえねー」

と言ってソンゴクフォン、何気なくエメラルドタブレットに触れます。

「おい、迂闊《うかつ》に触れると危険だぞ!?　壊れたら絶対弁償できない！」

「ハハハ王子様キモちっせぇー。ダイジョブっすよちょっとやそっとでは、うおおおおッ!?」

いきなりソンゴクフォンの体が緑色の光に包まれました!?

何ですか!?　あれもエメラルドタブレットの効果ですか!?

「大丈夫か、ソンゴクちゃーんッ!?」

「あああ、頭の中に何か流れ込んでくるっすよおおおお!?」

それってまさか石板に刻まれているという叡智!?

ソンゴクフォンに叡智が注ぎ込まれて、一体どうなるというんですか!?

ハッカイ進化。

スーパーハッカイ!

「「お前が進化するのかよ!?」」

あれ!?

気づけば私もエメラルドの光を浴びて変化を起こしていました。

ウォリアーオークからフラミネスオークへと種族が変わったようです。

「これが……、極稀《ごくまれ》に起こるというモンスターの変異化?」

「農場にいる他のオークとは感じが違うが?」

たしかに農場にいるオーク仲間たちは、オーク↓ウォリアーオーク↓レガトゥスオーク、という段階を踏んで進化していきます。

しかし私は、枝分かれして違う進化の道を進んだようです。

フラミネスオークは聖属性を持つオークで、悪霊や悪魔などに特効を持ち、さらに解毒や解呪もできるようです。

「それで、肝心のソンゴクちゃんは……!?」

「あーしも変化したっすよー!」

ソンゴクフォンの背中からは、白い翼が大きく広がっていました。

本来天使につきものの翼ですが、日常生活に邪魔だと言うので最新型のソンゴクフォンにはオミットされていたのです。

それが今、復活……?

「全リミッターが外されて限定解除状態になったっすぅー! 今なら神でも殺せそうっすよーッ!!」

「本当にやりそうだからやめなさい」

どうやらこの石板の光には、浴びた者を高次に進化させる効能があるようです。

さすが叡智の石板。

ヘルメス神はこのために我々を呼んで?

「ソンゴクちゃんの成長を認め、こういう形で制限を取り去ったということなのか?」

「雑な処置だな」

しかしこれでソンゴクフォンも無事卒業となり、私たちの旅の目的も一つ果たされたということではないでしょうか?

そのついでに私も一段上のオークへ進化できて余禄《よろく》も付きましたし、いいこと尽《ず》くめと言うか……。

「くあああああああッッ!!」

そんな甘い話はありませんでした。

異常発生です。

「何だ今の怪鳥のような声は!?」

「あぁー!?　パッファ姐《ねえ》さんだぁー?」

パッファ様が荒ぶっておられる!?

エメラルドタブレットの緑色の光を受けて!?

もしやパッファ様も叡智の光に何らかの影響を!?

「流れ込んでくる!　世界中の知識全部がアタイの頭に流れ込んでくるううううッ!?」

「賢い人には知識そのものが!?」

「凄いいいいッ!　この知識があればアタイは世界一の魔女にいいいいいッ!?」

なんかけっこう危険なこと口走っていますよ!?

「いかん!　パッファはそもそも監獄に入れられるほど危険な魔女!　自分の研究が世界を滅ぼすかもしれんというのに迷わず続行した、初志貫徹の女だ!」

周りに迷惑の掛かるタイプの!

「それほどにパッファの探究心は強力なのだ！　六魔女随一と言っていい！　そんな彼女が世界の叡智を手にしてしまったら……ッ!?」

それを実践せずにはいられない。

世界の危機です。

「まさかここでノーマークのパッファがヤバいことになるとは……ッ!?　魔女が特級の問題児であることをすっかり忘れていた！」

アロワナ王子の傍《そば》で愛妻ぶろうと、この旅一行のまとめ役とかおふくろ役でしたからね。

しかし今のパッファ様は、久々に極悪非道の魔女に戻ろうとしています。

大いなる叡智によって。

『酷《ひど》いことになっとるのう』

「おおうッ!?　誰!?」

そこへ現れる正体不明の新キャラ。

って言うか猿？

猿が喋《しゃべ》っている？

『ワシの名はトート。知恵の神じゃ』

と猿はみずから自己紹介してきます。

「知恵の神!?　それはヘルメス様のことでは!?」

『それはこの世界での話じゃろう？　この世界の外には数多くの異なる世界があり、そのそれぞれに神がおる。ワシはその別世界の一つで知恵を司《つかさど》っている神じゃ』

へー、そんな神様が。

でもなんでそんな別世界の神様が、今この時この世界へ？

『ワシの作ったエメラルドタブレットから変な信号が届いたので、気になって見に来たんじゃ』

「エメラルドタブレットはヘルメス神の作では!?」

『正確にはワシとあやつの合作じゃの。ヘルメスのヤツは伝令神として他世界を渡り歩くこともあるで、その時に出会って意気投合したんじゃ。協力して作り上げたエメラルドタブレットを互いの益にしようと、普段は双方の世界の狭間《はざま》に置いておくのじゃが……』

トート神との邂逅《かいこう》中もパッファ様はエメラルドの叡智を取り込んでヤバいことになっています。

『元からの知者が、叡智の塊であるエメラルドタブレットに触れると高確率でああなるんじゃよ。過ぎたる知恵は、知の暴走を生む。それは無知と何ら変わりない』

「何とかパッファを抑える方法はないのですかトート神!?　彼女は私の大事な仲間なのです！」

『お前ならできるかもしれんのう』

「え!?」

猿形の知恵の神は、何も考えていないようですべてを考え抜いているような表情で言いました。

我らがアロワナ王子へ向かって。

『理性は本能を制御するが、その逆もある。凝り固まった知を激しい感情が押し流しもしよう。あの女にとって、それが叶《かな》うのはお前しかいない、ということじゃ』

「ん？」

『ワシがとっておきの一言を授けよう。それをもてば必ずや彼女の心は戻ってくるはずじゃ』

「わかりました！　是非とも教えてください！　その言葉を！」

そして他世界の知神から知恵を授けられてアロワナ王子は、パッファ様に歩み寄ります。

エメラルドタブレットからの緑色の光を吸収し、なんか凄いことになっています。

「パッファ！　よく聞け！　私はお前のことが……！」

ここからがトート神が教えてくれた言葉……。


「好いとー、と、ー、と！」


ダジャレかよ。

一同ずっこけましたが、当のパッファ様は覿面《てきめん》に反応して緑石板などうっちゃってアロワナ王子に抱き着きました。

「あーん！　アタイも好いとーとーッ！」

「ハハハ、そうかそうか……ッ!!」

本当にダジャレでなんとかなりました。

愛する人からの好意の言葉には、どんな知恵知識も無力だということでしょうか。

「テメーこの猿？　オチがダジャレなんてよくまあベタなことしてくれたなあ？」

『この世でもっとも好意を可愛《かわい》く表現する言い回しじゃぞ。効き目抜群じゃろうが』

「しゃーしか！（煩《うるさ》いわ！）」

そしてトート神に詰め寄るソンゴクフォンは、ダジャレに厳しい天使でした。

我々をエメラルドタブレットまで導いたのはヘルメス神の仕業でしたが、一体あの神の思惑はどんなところにあったのでしょう？

ソンゴクフォン一人のリミッター解除するだけにしては大袈裟《おおげさ》な処置。

私はフラミネスオークに進化しましたし、アロワナ王子はハッキリとパッファ様への好意を告げました。

何やかんや言ってパッファ様などエメラルドタブレットの叡智を取り込みつつ、アロワナ王子からの告白を受けてもっとも得したと思います。

もしかしたらヘルメス神は、この一件を通して全員に恩恵を与えたかったのでしょうか？

ソンゴクフォンを引き受けてくれたお礼に？

その答えは本人がいないから不明ですが。

っていうか本当に最後まで出てこないつもりですか、あの神は？

「そうだアードヘッグ殿、アナタもエメラルドタブレットに触れてみてはどうですか？」

「おれが？」

「旅の一行で、あの石板の恩恵にあずかっていないのはアナタだけです。仲間外れも何なので是非とも」

「うむ、では……！」

とはいえドラゴンであるアードヘッグ様が今さら叡智を授けられてどうにかなるとも思えませんが。

しかしながら彼がエメラルドの石板に触れた瞬間、緑色の閃光《せんこう》が輝き……。

「……そういうことか……ッ!?」

アードヘッグ様は怒ったような表情になりました。

「叡智の石板はいいことを教えてくれた。まさかガイザードラゴンの後継者選びにそんな裏の思惑があったとは！　父上め！　全ドラゴンをたばかった報いを受けてもらうぞ！」

私を含め、居合わせた全員はアードヘッグ様が何を言っているのか全然わかりませんでした。

しかしエメラルドタブレットがアードヘッグ様に授けた知識こそ、彼の父ガイザードラゴンの陰謀を暴くきっかけとなり、私たち一行と皇帝竜との激戦に続いていくのです。

あとがき

岡沢六十四《おかざわろくじゆうよん》です。

『異世界で土地を買って農場を作ろう』八巻を、お買い上げいただきありがとうございます！

今回もコミックスと同時発売することができました。コミックス三巻もどうぞよろしくお願いいたします！

さて、今回のあとがきはちょっと趣味全開の話をしようと思います。

本作に登場するヘルメス神について。

よく『ヘルメスは知恵の神じゃないでしょ？』『盗賊やスパイの神でしょ？』というコメントをいただきます。

元ネタとなっているギリシャ神話では、オリンポスの神であるヘルメスは実に様々なものを司《つかさど》っていて、一番聞こえがいいもので旅人と商人の守護神とされています。

ただし人と同様に神も、時代によってその在り方が変遷します。

たとえばインドの破壊神であるはずのシヴァが、日本に入ってきて大黒天という福の神になってしまったように。

ヘルメス神にも過去から未来へ下ることによって信仰する人や信仰のされ方が変わってくるのです。

ヘルメス神にとってもっとも大きな転機になったのは錬金術です。

フルメ○ルアルケミスト的なアレですね。

実は錬金術師の間で、ヘルメス神は大いなる知恵を秘匿する神として信仰されました。

正確にはエジプトのトート神と習合（二身合体？）したヘルメス・トリスメギストスが、錬金術を創始した神人……元祖錬金術師とされています。

『三倍偉大なるヘルメス』ことヘルメス・トリスメギストスが記した『ヘルメス文書』や『エメラルドタブレット』などが錬金術を含めたあらゆる知識を後世に残したとされています。

私がヘルメス神を『知恵の神』と設定したのは、こうしたヘルメス神の錬金術的な一面に多大な影響を受けたからです。

たしかに本伝たるギリシャ神話のみ見れば、ヘルメス神は狡賢《ずるがしこ》いだけの盗賊で、インテリジェンスな点は見当たりません。

しかし神もまた時代と共に変わっていき、清廉にもなれば堕《お》ちていくこともある。水商売みたいに浮き沈みも激しい。

そういうところまで追っていって神の様々な面を見ていくことも、神話の楽しみ方の一つではないかと思います。

……ということを念頭に置いて書いたのが本巻のオリジナル書下ろしです。

それに補足してあとがきも堅苦しくなってしまいました。

またいつもの砕けた感じにして、さらに九巻でお会いしたいですね！

再会を祈って、よろしくお願いいたします！

異世界で土地を買って農場を作ろう 8

発行　２０２０年11月25日　初版第一刷発行

著者　岡沢六十四

イラスト　村上ゆいち

発行者　永田勝治

発行所　株式会社オーバーラップ
〒１４１－００３１
東京都品川区西五反田７－９－５

校正・ＤＴＰ　株式会社鷗来堂

印刷・製本　大日本印刷株式会社

ISBN　978-4-86554-786-3 C0093

【オーバーラップ　カスタマーサポート】
電話　０３－６２１９－０８５０
受付時間　10時～18時（土日祝日をのぞく）

作品のご感想、ファンレターをお待ちしています

あて先：〒141-0031　東京都品川区西五反田7-9-5 SGテラス5階　オーバーラップ編集部
「岡沢六十四」先生係／「村上ゆいち」先生係

スマホ、PCからWEBアンケートにご協力ください

アンケートにご協力いただいた方には、下記スペシャルコンテンツをプレゼントします。
★本書イラストの「無料壁紙」　★毎月10名様に抽選で「図書カード（1000円分）」

公式HPもしくは左記の二次元バーコードまたはURLよりアクセスしてください。
▶ **https://over-lap.co.jp/865547863**
※スマートフォンとPCからのアクセスにのみ対応しております。
※サイトへのアクセスや登録時に発生する通信費等はご負担ください。

オーバーラップノベルス公式HP ▶ **https://over-lap.co.jp/lnv/**